JN248592

光柱

安斎供榮
Anzai Tomoe

文芸社

光柱　少し長いまえがき

春先から初夏にかけて出現する蜃気楼は、富山湾には馴染み深いものです。ところでもう一つこの湾上に、冬の厳しい季節に美しい自然現象を見ることがあります。それは夜の日本海上にまれに現れる一筋の光柱なのです。その光の色はあくまで清澄で、その光のシンプルな姿は厳かでさえあります。

さて、人、一人生きる道の途上には、厳しい冬の季節に遭遇することがあります。そのような季節にさえ、いやそのような厳しい季節だからこそ、その暗い荒波の上に一筋の光柱は立ち上がるのです。

教会学校を始めて三十五年、学研教室を始めて十年目に、私は厳しい時を迎えました。本書は、その時とその前後の出来事を子どもたちとの関わりを中心に描きましたが、大人の世界でも、私の親友の上にペンで書き表すことの出来ない戦いが起こっていました。

それらは私の手に負えるものではなく、それこそ神の助けなくしては解決し得るものではありませんでした。

しかし、この暗い荒波を漂うような日々に、一筋の光柱は常にわが心の中に立ち上がっていました。その一筋の光をただただ頼りに、昼も夜も彼と彼女のために祈る毎日でありました。富山湾に現れる光柱は、一夜にして消えるものですが、私の内に注がれてある光は、その戦いの季節中（約一年半）、消えることはありませんでした。

そして、平成三年春四月、ついに二つの問題はほとんど同時に解決を見ました。私の心は、彼と彼女とその家族ともども、喜びに満たされ、感謝に溢れたことは言うまでもありません。心は喜びの極にあったので気がつかなかったのですが、私の体の方はいささか弱っておったのかもしれません。

その年の五月、私は風邪のウイルスの攻撃にあって簡単にダウンしてしまいました。それからの約一ヵ月、私は自分の弱さを十二分に思い知ることとなり、その弱き時に、多くの愛と慰めを受けました。それは私にとって有意義な学びの時でさえありました。

この本では、その頃の様子を綴っています。

たとい私が持っている物の全部を貧しい人たちに分け与え、また私のからだを焼かれるために渡しても、愛がなければ、何の役にも立ちません。

いつまでも残るものは信仰と希望と愛です。その中で一番すぐれいているのは愛です。

（コリント人への手紙Ⅰ十三章）

右のことばは、新約聖書の中の「愛」について述べられているパウロの言葉の一節ですが、我が国を含め全世界の子どもたちが、今最も必要としているものこそが、聖書が言っている真実の愛だと思います。

世界の片隅で飢餓にあえいでいる子どもは勿論のこと、食糧に恵まれている我が国の子どもも、等しく餓え渇いていることを、感じざるを得ない事件が、頻繁に起こっている現状を知るにつけ、こころに痛みを覚えるものです。当然愛されるべき親から、あるいは教師から不当な暴力を受ける者、生きる望みを失って自殺する者、そんな子どもたちのことを思うといたたまれない思いがします。

小さくとも愛に裏付けられた希望の光が、行く手を照らし続けてさえいれば、人間は生きていけるものだと考えています。半世紀以上も、多くの子どもと接して来ましたが、その間、何度も自分の弱さと知恵の足りなさを感じてまいりました。しかし、壁につきあたり、苦しみを覚えた暁に、問題が解決し勝利した時の喜びは大きなものがありました。

苦しみに会ったことは、私にとってしあわせでした。私はそれであなたのおきてを学びました。

（詩篇百十九篇七十一節）

と、詩篇の中で、ダビデが詩っている通りです。

わが歩みを振り返って思うのは、貧しさの中で子育てした若き時期は、日々、神様の恵みを覚えたことでした。また教会学校や塾で、戦きを覚えるような出来事に出会うたびに、自分の力の及ばないところで祈りによって、いかに多くの神様の助けを得たかを思い出します。

若きときの子育て時代の恵みは、『天の門』と題して出版し、塾の生徒や卒業生との葛藤の中で得た多くの恵みと喜びは『一筋の光柱』（学習研究社制作・二〇〇一年刊）で綴りました。

今一度、読み返してみて、どのような状態に追い込まれた者をも、キリストは救いだし、励ましてくださることを思い、感謝に溢れました。

神から与えられたいのちは、いかに傷ついても神の愛によって回復することが出来ると信じます。

世の多くの指導的立場にある者が、真実の愛をもって、痛める葦のような子どもに、希望と忍耐をもって当たってほしい。

私は、戦いの途上で、病に倒れそうになりましたが、その暗闇にも光は差しており、その光が行く手にある限り、勝利することを確信しました。
以上の思いを新たに、『一筋の光柱』を再編集し、『光柱』と書名を改め、新たに詩などを加え、再出版することにしました。

安斎供榮

目次

富山湾に現れる光柱は
一夜にして消えるものだが、
私の内に注がれてある光は、
戦いの季節中、
消えることはなかった。

光柱

たとい、死の陰（かげ）の谷を歩くことがあっても、
私はわざわいを恐れません。
あなたが私とともにおられますから。
あなたのむちとあなたの杖、
それが私の慰めです。

（詩篇二十三篇四節）

主は、いと高きところから御手（みて）を伸（の）べて私を捕え、
私を大水から引き上げられた。

（詩篇十八篇十六節）

Qたちの物語

先生はお化けになった

一

平成三年五月十日のお昼、先生は、突然お化けになった。

もちろん、昼間のお化けだから恐いことはない。それどころか見るからに面白い顔つきのお化けなのだ。

ここで、お化けのQ太郎のQをとって、君たちを、取り敢えずQと呼ぶことにする。

だってそれは、この時点で、君たちが、先生の仲間である限り、君たちもお化けの仲間になったのだから……。

さてQよ、先生が、自分がお化けになったと気がついたのは、十日のお昼ご飯の時であった。

お茶を飲もうとして、湯飲みを口元に持っていったのだが、お茶はまともには口に入らないで、口の端（はし）から流れ出してしまったのだ。

「どうしたんだろう？」

先生は、牛乳を入れたコップを手にして洗面所の鏡に向かった。

コップを口元に持っていって、ゆっくりと牛乳を飲もうとする。

すると唇の左半分は、牛乳を受けるために縮まるが、右半分は、何と伸びきったまんまなのである。だから、口が左方向にひん曲がっていく形になり、右の目は、カッと見開いたまんまで、まばたき一つしない。その分、左の目が、必死になってまばたきしているのが、いじらしいくらいだ。

鏡に映った自分の顔を見て、先生は、思わず吹き出してしまった。

鏡に映し出された顔は、まるで、ひょっとこのお面そっくりだったのだ。

その日は、そのまま九時過ぎまで、教室で仕事をしたが、終わり時分になると、Qよ、君たちは気づかなかったかもしれないが、先生は、眼鏡（めがね）の奥で、絶えず、開きっ放しの目から涙を流していたのだ。

最後のQが帰るとホッとして、もう一度洗面所の鏡を覗いて見た。

昼間より、症状は進んでいるような気がする。左右の眉が一センチ程ずれている。肩が張って、喉が少しいがらっぽいような気がするが、どこも痛くはないし、熱もないから、この顔を見なければ病気になった気はしない。

しかし、このまま各部の配置がずれてしまった顔が定着するとすれば、子どもたちとのつき合いも終わりになるのかなぁ、と、ふと思った。

それで以心伝心と言おうか、今日の午後、三人の小さいQたちは、勉強が終わってもすぐ帰らないで、花壇から摘み取った小花を蕗の葉っぱに盛ってご馳走してくれたりして、私と遊んでくれたんだ……、などと、名残り惜しそうにしていた可愛いQたちの様子が、しきりに思い浮かんだりした。

今まで、先生は病気らしい病気をしたことがなかったから、病院とは無縁だった。

だから、なじみの薄い病院へは、何となくいきそびれていたが、明くる朝、この病状を打ち明けた友人に励まされて、近くの病院に連れて行ってもらった。

いろんな検査をした結果、風邪のウイルスが骨と視神経の間に侵入して、視神経を圧迫したために、右半分の顔面麻痺が起こったという説明を受けた。

そう言えば今週の月曜日、いかにもだるそうにして中山君がやって来たっけ。

「見るからに風邪がひどそうやけど、お医者さんに行ってきたの？」

「うん、医者に行ったら、こんなひどい風邪診たことがない。学校もどこも行かずに、家でゆっくり休めって言われたから、そんで今日は学校を休んだ」

「それなのに、どうして塾に来たの？」

「塾も休むつもりやったがやけんど、おれ、気イついたらここに来とった」

こういう会話を、その次の日も、私は彼と繰り返した。

もちろん、その間は勉強どころではなく、私は、彼に熱い茶を飲ませて傍(かたわ)らで休ませていた。

さては、あの二日間に、中山君が風邪のウイルスをばらまいたな、と一瞬思ったが、それは定かではない。これが風邪のウイルスだと、つまみ出して確かめることの出来る相手ではないのだから……。
しかし、何はともあれ、他のQたちにウイルスが侵入しなくて良かった。
あの可愛らしいゆう子ちゃんやモモちゃんが、こんなになってしまったら大変だった。自分にウイルスが侵入してくれて良かったんだ。
ウイルスは、先生をやっつけたつもりかもしれないが、こんなことでひるむ先生ではない。

先生は、自分を病院に運んで来てくれた友人が、即入院と決まると、大急ぎで用意してくれた素敵なパジャマを着て、病院の白いベッドの上に大の字になった。

「これは、神様が、私にお休みというプレゼントをくださったのかもしれない」

ベッドは、三階の窓際にあって、見晴らしも格別である。

病室は、薄いクリーム色を基調にした明るくて清潔な部屋だ。ベッド数は皆で六個、現時点では窓際の二つがふさがっている。すなわち、先住者と先生の二つだけである。

先住者が、ふらりとベッドの側に立って、こちらに顔を向けた。

その顔は驚くほど青白く、髪は長く両肩にたれていた。

「この人の顔は幽霊みたいだ。自分がお化けで、この人が幽霊だとすれば、なかなか面白い組み合わせではないか……」

と、先生は思った。そして、先生は、この先住者に幽霊という仇名を、即刻提供することにした。

「どこへ行くの？」

丸顔の小柄な女の人が、幽霊に声をかけた。声の主は、幽霊の付き添い婦のようである。

「ちょっこし、足慣らしに、一階まで行ってくる」

「この人、まだまだ足がふらついて不安ながいぜ」

付き添い婦もまた、幽霊の後を追って部屋を出て行った。

広い病室にたったの一人になった先生は、自分が久しぶりに入院したことによって、何曜日の何時から何時までは何々、といった時間から解放されたことを知った。

体はベッドに縛(しば)られてはいるが、心と魂は自由なのだ。

窓の外に広がっている空を見た。

鳥が一羽、ゆっくりと舞っている。

あの鳥は、空の上から何を見ているのだろう。自由な空気の中からだと思わぬ発見があるに違いない。自分も、この入院生活を通して、新しい発見をするかもしれない……と、思った。

すると、先生の胸は、少女のようにわくわくしてきた。

「あのお、いろいろお聞きしたいんですが……」

若い看護婦さんが、書き込み用紙とペンを持って現れた時、先生は思わず、看護婦さんに向かってVサインをしていた。

「今日から、私は、ゆうゆうとベッドに寝ていられるのね」

お化けは、顔の表情のバランスがとれないから、喜びを充分表現出来たかどうかは分からないが、「そうねえ……」と、看護婦さんは、笑いながら相槌を打ってくださった。

先生は、子どもの頃から、自分が人一倍好奇心の強いことを知ってはいたが、これ程だったとは思ってもみなかった。

午後に入って、注射と十六時間の点滴によって、ベッドに縛り付けられることになったが、体の自由を失ってからも、自分の脳は、好奇心に満ちて飛び跳ねるのだ。

幽霊は、交通事故に遭って、意識不明の重体で、この病院に担ぎ込まれて来たらしい。彼女の車は、追突された衝撃で二回転して大破した。消防自動車も出たらしいから大事故である。

「私、悪運が強いのよ、こうして生きているのが不思議みたい」

「そう言えば、私も友人に電話するのが後五分でも遅かったら、彼女は外出する予定だったらしいから、病院に連れて来てもらえなかったし、あるいは手遅れになっていたかもしれなかったの」

「私たち運が良いのねえ、きっとお化けも良くなるわよ。私の知ってる人なんかも顔面麻痺になったけど、たしか三週間くらいで治ったよ」

最初の昼食の時、二人の患者はこんな会話をした。

お化けは、この時からすでに、幽霊を自分の会話に引き込んでしまったようだ。

いつの間にか、互いに「お化け」と呼び、「幽霊」と呼びあっていた。

しかし、私たちは、あくまでも昼間のお化けであり、昼間の幽霊なのである。

窓辺に夕闇が迫り、カーテンでベッドを取り囲んで作った小さな個室に入ると、弱虫の患者にも暗い夜が押し迫ってくる。

ベッドの上で、最初の晩の闇を見つめた時、この暗黒の闇に、自分が塗り込められてしまわないために、先生は、その暗闇の空間の中で、真っ白い大きな画用紙を広げることにした。

「さあ、たっぷり筆に墨をつけて。今ならひょっとこの絵が上手く描けるぞっ」

先生は、空想の中で、思う存分筆をふるった。

上出来である。満足だ。

「ひょっとこのお面を、最初に作った人は、きっと顔面麻痺になった人に違いない」

先生はこう思って愉快になった。

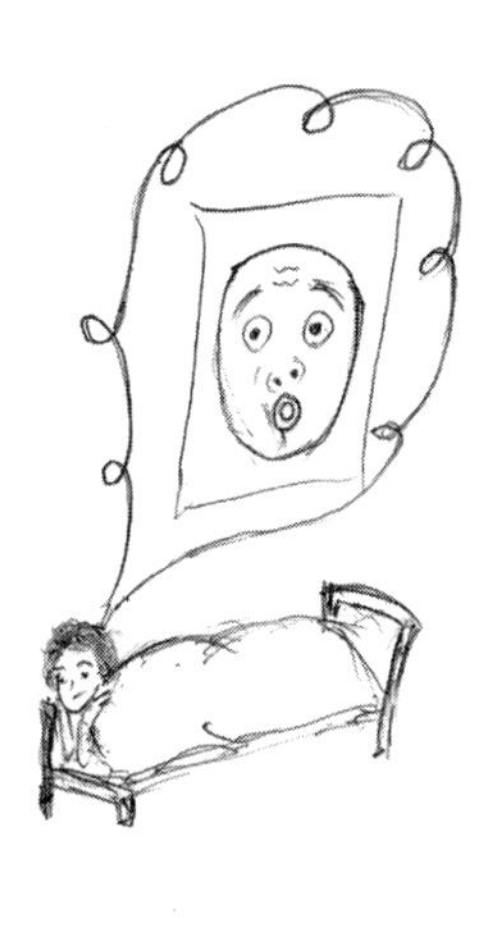

今ならひょっとこの絵が上手く描ける

二

明るい朝を迎えた。

朝の光の中で見た幽霊は美人だった。

髪をアップにした洗いたての顔が、昨日よりずっと生き生きして見える。

「さあ、お化けも顔を洗ってらっしゃい」

洗面器を抱えて、私も洗面所に出かけた。

洗面所は、朝らしく、花の水を取り替えたりする人もいて活気があった。

お化けは、目の前の壁にはめ込まれた鏡を見ないようにして、隅っこの方で水道の蛇口をひねった。

口をすすぎ、顔を洗っているうちに、気持ちよく出てくる湯を、思わず頭にまで掛けてしまった。

「しまった」と思ったが、もう遅い。

体調はいつもと同じようだし、ついでに、頭、洗っちゃおうかな……。

頭にタオルを巻きつけたままの格好で、慌てて幽霊にシャンプーを借りに走った。

「まあ、とんでもない。シャンプーで頭を洗うなんて……。お化けは病人なんだよ。お医者さんの許可なしで、そんなことするもんではない」

「そうかぁ、それはそうだよね、私、病人だったんだ」

幽霊の目が、世話の焼ける子どもを見る大人の目になった。

「お産の時に入院したっきり、入院なんてしたことがなかったから」

バツが悪くなって、下手(へた)な言い訳をやっているうちに、産後の安静は大切だということくらい、いくらなんでも知ってはいるが、実際には、産後もすぐにじゃかすか動いてきたことを、ついうっかり自分からバラしてしまった。

「まあ、産後の一ヵ月は大事にせんならんがに……」

半ばあきれながらも、人の良い幽霊は、それからも何くれとなく注意してくれるのだった。

知っているつもりでも分からないこと、分かっていても実行出来ないことって、いっぱいある。

「そんなこと常識なのに……」

その常識さえ、時とことに当たって身についていない自分を先生は発見した。

そこで、幽霊の付き添い婦さんから、積極的にいろんなことを教わった。

幽霊のベッドの側には、病院備え付けのボックスの他に、簡易棚が置いてあって、その上には小さなテレビが乗っかっている。

「やっと、テレビでも観る気になった」

幽霊は、そう言ってテレビをつけた。

「このテレビを観るのには、お化けが一番良い位置にいるねえ」

その良い位置で、もっと観やすいようにと、幽霊の付き添い婦さんは、こちらのベッドの頭の部分が少し上がるようにしてくださった。

検温に始まって、洗面、洗濯、掃除など、一通りの朝の行事が終わって、回診までのホッと息をつくひと時である。

娘が、風呂敷や紙袋の大きな包みを持って、急ぎ足で入ってきた。

「ハイッ、これはティッシュとウェットティッシュ、ここに置いとくからね。それからこれはスリッパで、これはお湯呑みと……、時計は、目覚ましのベルが鳴らないように、セロテープで止めといたから……」

「えーと、それからこれはお菓子、紙袋に二個ずつ入れとくからね。お見舞いに来てくださった方に出すのよ」

「ありがとう。いろいろと気がつくんだなぁ……」

すっかり自分の非常識を、思い知らされていた先生は、娘のテキパキとした動作を感心して眺めた。

「あのね、私、お向かいのベッドの人、幽霊って仇名で呼んでるんだけど、幽霊にすっかりお世話になってるの……」

「どうもすみません、世話が焼けるでしょう?」

娘は、まるで保護者みたいな口の利(き)き方をした。

娘が用事を済ませて帰った途端、幽霊はこらえ切れないように笑い出した。

「ああ、おかしッ、幽霊さんこれどうぞって、お宅の娘さんまで、お菓子を差し出しながら、私のことを幽霊さんって言ったのよ」

「ホントォーッ?」

さすがはお化けの娘、化かされ方が早い。

「お化けのとこも、娘さんの方がしっかりしてるみたいね。うちの娘なんか、私の友だちに何て言うと思う? うちの不肖(ふしょう)の母をよろしくって言うがいぜ」

「そう言えば、うちの娘も、この前、娘の店に寄った時、一緒に行った友だちに同じようなことを言ってたわ」

「私、これで結構、しっかりしてるつもりなんだけどなぁ……」

「ええ、あなたはしっかりしてるわよ。それに私だって、いろいろ分かってるつもりなんだ

けど……」

そりゃあそうだ。いろいろあって、いろいろ知恵を絞って、この歳（とし）までそれなりにいろんなことを乗り越えて来たのだ。

けれどもこの際、病院生活一年生の先生は、ここでは、新入りらしく、他の患者さんのやり方を見習う必要があった。

「ははん、点滴の最中にトイレに行きたくなったら、ああやって薬の袋がぶら下がっている棒に車のついたやつを、押しながら歩いて行くんだな」

初回は、見よう見真似で、点滴の針で自分の体とつながっている棒を、そろそろと押して行ったのだが、トイレのドアの内側に、カギ型の金具が取り付けられてあるのに気がつくと、ふとずる賢い考えが思い浮かんだ。

薬の袋を、点滴の針のついていない方の手で、ぶら下げて行ったらどうだろう？　薬は、ドアの内側についている金具に掛ければ良い。

そうすれば、すこぶる楽で、手っ取り早いに違いない。

次の時は、早速、この思い付きの早業を取り入れた。思った通り、時間の短縮と労力節減の効果はあった。

先生は、よろよろと棒を押しながら歩いているおじさんを、小気味よく出し抜いていったのだった。

しかし、こんな威勢のいいことは、この時の一回ぽっきりしか出来ないでしまった。

幽霊の整形の回診は午前中だったが、当方の耳鼻科の回診は、午後二時頃だった。

「枕を外して頭を少し下げましょう。これから喉に注射をします。この注射をすると、後で副作用が出るかもしれません」

目の前に突きつけられた注射器は、太めで大きかった。

「エッ、どんな症状が出るんです?」

「心臓がドキドキするとか、胃が痛くなるとか、あるいは顔がむくんで来るとかいった症状が出るかもしれません」

若いお医者さんは、出来るだけ早く治してあげようと、張り切っておられる。

すぐにでも主治医の言われたような症状が出てくるものと思って、身構えるような気持ちでいたが、喉の神経ブロックに打たれた注射は、思ったほど痛くはなかったし、翌日まで、お医者さんの言われたような症状は出なかった。

翌日の午後、様子を見に来た娘が顔を覗き込んだ。

「あれからどうだった？　別に顔むくんでないみたいね」

「あの注射、見かけは恐そうやったけど、お母さんは大丈夫よ。先生のおっしゃった副作用も、今のところ全然出ないみたい」

「上げ膳据え膳で、おまけにこんな素敵なシャーベットまで頂いて、なんだか悪いみたい」

人に仕えられることには慣れていないから、何となく落ち着かない気分だ。

オレンジシャーベットを、まだほんの二口か三口ほどのところで、注射の時間が来てしまった。

「今すぐ先生がいらっしゃって注射になるから、そのシャーベットは冷蔵庫に入れといてあげましょう」

大急ぎで看護婦さんにシャーベットを片づけてもらって、ベッドに横になると、注射を受ける体勢を整えた。

注射は、前日と同様スムーズに終わり、

「では、安静にしていてくださいという言葉を残して、お医者さんは出て行かれた。

「注射終わったのね。ハイッ、さっきのシャーベット持って来てあげましたよ」

先程の看護婦さんが、食べ残しのシャーベットを、「ハイッ、注射を我慢したご褒美……」と言わんばかりに差し出された。

「悪いですね、じゃあ、折角だから……」

ところが、シャーベットを一口掬(すく)って食べたとたん、激しくむせて息もつけないような発作に襲われた。

娘は、この激しい発作を見ておろおろした。

後で、この場合の「安静」というのは、水を飲んでも、唾液を飲んでもいけないということだと教えられた。

「安静にしてください」という言葉一つの意味も、具体的にその意味の内容を摑んでいなければ、とんでもない失敗をするのだ。

弱まりかけた午後の日差しが、柔らかく静かな病室いっぱいに広がっている。

足取りのしっかりしてきた幽霊の午後の散歩は、その範囲を広げたらしい。

「幽霊たち、どの辺まで行ったかな」

病室の窓からは、駐車場が白く光って見える。

駐車場の周りの花壇には、つつじの赤い花が咲き乱れていた。

「病院のまわり、ぐるっと一周して来たの」

「少し疲れたけど、良い気持ちだった」

「つつじ取ってって、この人に言ったら、花壇の花なんか取ったら駄目だって叱られたから、こんな花を取ってきたわ」

　幽霊は、黄色い小花をつけた優しい野の花を大事そうに抱えていた。

「この人は、元気になってきたら、急に我儘（わがまま）を言うがいぜ。おかげで、うちは、この太っちょの体でこの花を取るのに、苦労して土手を這い上がったがやから……」

　その夜、見舞い客も皆帰って静かになると、付き添い婦さんのお別れパーティーを開くことになった。

　付き添い婦さんは、まるで我が子を見るような目つきで、幽霊を見た。

「だいぶ元気になったから、これからは身の回りのことは自分でして、少しずつ体を慣らしていこうと思うの。ほんとうは、いつまでもこの人にいて欲しいんやけど、その方が楽は楽だし……。でも、出来るだけ早く仕事に戻らんならんし、この辺で人を当てにする気持ちを切り捨てる必要があると思ったの」

「そうながね。うちがおると、いつまでも甘えが出て、自分で出来ることもせられんから、その分回復が遅れてしまう。もうここまで来れば大丈夫よ」

「私も、いろいろ教えてもらって助かりました。時々、幽霊の付き添い婦さんなのに横取りしてごめんなさい……」

お化けも、幽霊に劣らず名残惜しいのである。

幽霊は、この夜のお別れパーティーのために、取っておきのメロンを奮発(ふんぱつ)した。ランプの薄明かりの中で、仕事をやり遂げた充足感に溢れた女と、そのエネルギーにあやかりたい女が二人、いつまでも話は尽きないのである。

三

別れの朝も晴れていた。

幽霊とお化けは、病院の玄関前のバス停まで、付き添い婦さんを見送りに出た。

一階のロビーで、私たちが互いに別れを惜しんでいた時すでに、三階の私たちの部屋では、新しい出会いが用意されつつあった。

病室に帰って来ると、何だか慌ただしい雰囲気なのである。

幽霊のベッドの横で、ベッドの入れ替えが始まっていた。

大きなテレビや花籠と一緒に、あらい熊のぬいぐるみがやって来た。

「可愛らしい坊やでも来るのかな」

熊のぬいぐるみを見て、先生はそんな期待を抱いたのだが、実際には、焦げ茶のベレー帽を斜めに被った年配の女の人がやって来た。

色白の娘さんらしいＯＬも一緒である。

「ああ、ここは静かで良いわねえ、もっと早く替わらしてもらえば良かった。あちらでは、毎日、おしっこの臭いとタンを吐き出す音の中にいたんだから」

「これで、同病者がついに一緒になったがやねえ」

幽霊は、この新入りの母娘と、すでに顔見知りのようだ。

「あら、あなたたち、知り合いだったの？」

「ええ、私たち、この病院に来てから知り合ったの。同じ交通事故の被害者だから、廊下なんかで出会うと情報交換したりしてたのよ」

幽霊と同様、交通事故の被害者であるベレー帽夫人は言う。

「こちらの方の加害者は、誠意があるらしいんだけど、うちの方の加害者は、一度見舞いに来ただけで、全然誠意を見せてくれないんで、体の心配もあるけど、それ以上に精神的に参(まい)ってしまうんです。昨夜なんかも、加害者との交渉のことで、お父さんと口ゲンカしてしまったし、いろいろはがやしいことがあるんです」

そう言えば、幽霊のところには、ほとんど毎日のように、加害者の青年が見舞いに来る。そしてある時などは、その母親までも見舞いに来た。

「本当にここまで良くなられてほっとしました。今でも息子は言うんですよ。大きな目を見開いたまんまで倒れているあなたを見た時は、足が震えて止まらなかったって。てっきり死んでしまったと思ったらしいんです。ほんとに車は恐ろしい」

「そうねえ、ここまで意識不明のまま運ばれて来たんですから……。ね、お化け、私、最初は二十四時間の点滴やったのよ。それもそんな点滴が何日続いたんやったのかなぁ……」

「これで息子も懲(こ)りたと思います。あの事故のあった後の数日間は、私も心臓がドクドクしっぱなしでした」

ウーム、二十四時間の点滴なんて、聞いただけでぞっとする。

午後になって、私たちの病室はさらに賑やかになった。

小柄なおばあちゃんが、お嫁さんに付き添われて入院してきたのである。

この可愛らしいおばあちゃんのイビキが、実はゴーゴーと余りにもすごい。ＳＬの機関車が、自分のすぐ側を走り抜けて行く感じである。

そこでお化けは、早速おばあちゃんにゴルバチョフという仇名を提供した。

「ああ、ゴルバチョフのイビキには参ってしまうなぁ」

「ホント、折角、静かな部屋に引っ越して来られたと思ったのになぁ」

と言うベレー帽婦人も、やがてゴルバチョフに負けず劣らずのイビキをかきだした。

「ああ、あの静かだった日々は、もう戻って来ないのだろうか……」

「こちらの彼女のイビキは、ドラゴンみたい」

幽霊までが、新入りの名付け親になった。

そう言いながらも、幽霊はさすが先輩だ。そのうちに安らかな寝息をたて始めた。

ただ独りお化けだけが、一晩中、ゴルバチョフの機関車に轢かれっぱなしで一睡も出来ないでいた。

昼間、耳の検査をして貰ったのだが、その検査結果の説明を受けた時に見せてもらったグラフのことを思い出した。

「グラフに出ている凹の部分は、鼓膜が高い音に反応していることの現れなのです。左の方のは、こうして凹がちゃんと出ているのに、右の方のは、全然凹がなくて直線になってるでしょう」

と、医師は、グラフを提示しながら説明をした。

右の耳の聴覚に異変が起こったらしいのだ。

聴覚に異変が起こったのだから、ゴルバチョフのイビキが地響きをたてて襲ってきたとしても不思議はない。

しかも休息が第一と思って、眠りを呼び込もうと焦れば焦るほど、取り留めもない考えに取り付かれた脳は、休むことなく働き続ける。

夜に働く脳は、やたらと暗い材料を集めて来るようだ。

「急に顔面麻痺が起こってお茶も飲めなくなった時、お父さん（夫）はどうしてあんなに落ち着いていられたのかなあ……」

「もしも、このまんまで治らなかったら、家から一歩も出られなくなる」

「Qたちはどうする、もうQたちにも会えなくなる」

それからは、Qたちよ、先生は、次から次とあなた方のことを思い出した。

あれはケンちゃんとナガちゃんが、一年生になったばかりのことだった。

ケンちゃんは、漢字の勉強中、「外」の字が、かたかなの「タ」と「ト」で出来ていることを発見した。

「センセ、外の字は、かたかなの夕とトで出来てるねッ」と、嬉しそうに言ったケンちゃんは、

「夕とトで外になるー。夕とトで外になるー」と、歌い出した。

先生にもケンちゃんの嬉しさが伝わってきて、手拍子を打って、一緒に歌った。もちろん仲良しのナガちゃんも一緒だ。

そしてとうとう、二人は、立ち上がって、歌いながら踊り出した。

「夕とトで外になるー、夕とトで外になるー。夕ト、夕ト、夕ト、夕トッ」

あの時、本当は、先生も一緒に踊りたかったんだ。

それから、中三と、ついつい遅くまでやった受験勉強のいろいろな場面……。

次々にいろんなことが思い浮かび、ますます先生の脳はくるくる舞いを始めた。その時、ふと入院する時、宝物のように胸に抱いて来たゆう子ちゃんの手紙を思い出した。

そっと、枕元のランプを点けて、ゆう子ちゃんの手紙を開いた。

「せんせい、かぜをひいたそうですが、からだのぐあいはどうですか。

はやくよくなって、またべんきょうを、おしえてください」

それから、置き時計の横に飾ってある、しいちゃんが作ってくれた赤い紙の花を眺めた。

もうずいぶんと長い間、Qよ、先生は君たちに会っていないような気がする。お化け先生のまんまで、君たちを驚かせることになるかもしれないが、とにかくQたちに会いたい。先生の胸はキューンと痛くなった。

思いは通じるものらしい。

次の日の夕方、高校生の浜下君、朴木(ほおのき)君、小河君、それから中三の中山君と羽柴君の計五名の男子が、なんと赤いバラの花を持って見舞いに来た。

学研教室のほか、教会の中高生の集会にも出てる連中である。

「旅行の土産に、おれが持って行ったダンゴが当たったたんではないか思って、びっくりした」

と言う浜下。

「おれの風邪が、うつったんでないがけ」と言う中山。

「ちょっこしセンセの手エ腫れてないがあ」と点滴の器具を痛そうに見る朴木。

彼らの言葉を聞いている間に、彼らの元気が何となく自分の中に逆流してくる感じがする。

私の意外に元気そうな反応に安心したのか、

「アレーッ、旨そうなおかず……」

と、病院の夕食の膳を見て、うらやましそうな声を上げた朴木は、

「おれが足を骨折して入院した時と、ひょっとして、同じベッドかも……」と、懐かしそうな様子をした。

「なんなら、代わってあげようか」

「いや、とんでもない……。エヘヘヘヘへ……」

ついには、いつもの冗談も飛び出した。

入院と決まって、最初に病院に駆けつけた男先生（夫）に、私は、

「お父さん、私の聖書、私の聖書を早く持って来てッ。それからペンとノートも……」

と頼んだ。

しかし、「聖書も、活字という活字は、当分の間読まん方が良い」という冷たい答えが返ってきた。

視神経が圧迫され、その上、聴覚もおかしくなっているのであるから仕方がない。

読むことも書くことも出来ないなんて、手足をもぎ取られたも同然である。

私は悲しくなって、見舞いに来てくださったベンダ先生（マックレン夫人）に、

「先生、私、聖書も読めなくなっちゃったの……」

と訴えた。

ベンダ先生は優しく、本当に優しく、私の手をとって言われる。

「まあ、可哀想に……、でもしばらくの間です。きっと良くなりますよ。トモエ先生、しばらくの間は、ガマンして先生の頭の中に入っているみ言葉で間に合わせましょうねェ……。私が後で、賛美歌の入ったテープを持って来てあげます」

「ああ、センセ、わたし、耳も具合悪いんです……」

今はただ、ダルマのようにベッドに転がっているのみである。

人間らしくあるための大事な器官に支障を来し、ベッドに縛られることになったのだから、唯一自在な脳が、滅多矢鱈に動き回るのも、自然なことかも知れない。

自然な流れには逆らえない。

思い浮かぶ聖書のことばを、片っ端から暗誦してみる。

そうだ、どうせ眠れないとなれば、病院で徹夜の祈りをするのも悪くはないではないか、と、ついには開き直って、

「ゴルバチョフの病気が早く良くなりますように……、幽霊やドラゴンにムチウチの後遺症が出ませんように……」

などと、心の中で祈る。

さてドラゴン母娘が、一泊の外泊許可を担当医に取り付けて外泊した夜、幽霊とお化けは、ともにふらふらになるような事態に遭遇することとなった。

というのは、おばあちゃんの上に困ったことが起こったからである。

おばあちゃんの熱がなかなか下がらない上に、便秘がひどくて苦しそうだ。

看護婦さんは、夕食後、ゴルバチョフに浣腸をすることにした。

ところが付き添っていたお嫁さんは、看護婦さんの始めた処置の意味をよく理解していなかったから、万一の準備がなされていなかったのである。

そこでゴルバチョフは、思いっきり派手な失敗をやってしまった。

その強烈な臭いに、幽霊は慌てて窓を開けに走り、お化けは、ナースコールのベルを押した。

「ドラゴンたち帰ってて良かったわねえ」

と言いながら、私たちは、弱りきっているお嫁さんを、精いっぱいバックアップせずにはおられない。

「今のことは、おばあちゃんが悪いわけではない。元気な者でも浣腸したら待った無しやもん。一言、看護婦さんも、処置する前に、お嫁さんに教えてあげとけば良かったがに……。

うちの母の時もそうやったけど、病院へ入って間もなく寝たきりになったがいぜ。見てみられ、一回粗相すると、看護婦さんは紙おむつを持ってきて、おばあちゃんに当てようとせられたやろッ。おばあちゃんが断られんかったら、あのまま紙おむつして、それからだんだん寝たきりになるがいぜ」

幽霊は、我がことのように気をもんで、いろいろと世話を焼いている。

おばあちゃんの親戚の人が駆けつけてくると、これまた、彼女は、お嫁さんの立場を思いやって、いろいろと弁明してあげている。

そのような幽霊の忙しい動きを見ていると、私は、まるで今までの自分を見ているような気がした。

「お化け、もうカーテン引いてあげようか？」

しまいには、幽霊は、ベッドで動けないでいるお化けの世話まで焼きに来る。

「そんなに人の世話ばかり焼いていると、自分の方が参ってしまうわよ。あなたも休まなければ……」

と、私は思わず声を掛けた。

その時、先生は、ふと男先生の大変さが分かったような気がした。

今、私が幽霊に言った言葉は、実は、いつも「少しは休め」と声を掛ける男先生の言葉なのだ。

この夜のほんの小一時間、ベッドの上で大の字になったまま、私は幽霊にいろいろと指図をしていた。

「おばあちゃんに、箸よりスプーンを持たしてあげた方が良いんじゃなぁい」

「あッ、こっちの窓も、それからあっちのドアも開けた方が良い」

幽霊は、お化けの声が掛かるか掛からないうちに、くるくると動いていた。人を動かしながら気をもんでいるのも、決して楽ではないのである。


「点滴の針の刺し方にも、看護婦さんによって、上手下手がある」と、幽霊は言った。

なるほどそう言えば、化粧の濃い看護婦さんが処置してくれた時、手の甲が腫れ上がって、随分とつらい思いをした。

「よしッ、今度は、自分で上手そうな看護婦さんを見つけて来よう」

思い切って、ナースセンターに出かけて行って、私は中を覗いてみた。

センターの窓口で、可愛らしい看護婦さんが座って書きものをしている。

その奥の流し台のところでは、ガッシリした腕の看護婦さんが、医療器具をブラッシで洗っていた。

「この人だ」

と思った。

「もうすぐ私、点滴なんだけど、あなた、お上手そうだからやっていただけないかしら……」

「皆さん、上手ですよ」と言いながらも、この看護婦さんは、一患者の我がままを聞き入れてくださったのである。

私が一目惚れした看護婦さんは、やはり最高の技術者であった。

彼女が処置した点滴は、まるでやわらかい羽毛で、腕から肩を優しく撫でながら、体全体を穏やかに包み込んでいくかのようである。このような安らかな感じは、もちろん点滴を受ける患者の受け止め方にもよるのかも知れない。

ゴルバチョフの一件で、テンヤワンヤした夜の点滴は、スムーズにいかず、一時間余りも予定より長引いてしまった。点滴の針から解放された時は、すでに九時を過ぎ、院内の明かりのほとんどが消されていた。

ガランとした薄暗い病棟のロビーに、ゴルバチョフのお嫁さんが独り、ポツンと物思わしげに座っていた。

「親不孝したから仕方ないんです。九州くんだりから、親を捨ててこんなところまで来て、苦労するのは当たり前なんですよねぇ……」

不眠のベッドから抜け出してきたお化けに向かって、お嫁さんは心を打ち明けて話し出した。

「主人は単身赴任で、今は名古屋の方に行ってるんです。土、日曜日にかけて帰ってはきますが、こんなことが起こると、責任が自分独りの肩に掛かってくるような気がして、すごく気が重くなります」

話は熱心な聞き手を得て、楽しかったことや辛かったことなど、九州の頃の話にまで発展していく気配である。

幽霊が通りかかって、ふとこちらを見て立ち止まり、そして壁の時計を指さした。

「ああ、大分時間が経ってしまった。もういい加減にして休まなければ」

幽霊の後から、おもむろにベッドルームに帰ることにしたが、この夜も私は眠れそうにない。

1の先生になる

一

「千代の富士は引退するし、次から次、ろくなことしか起こらへんねぇ」

幽霊が呻き、お化けも唸った。

「世界陶芸祭」への人出でにぎわう滋賀県の信楽高原鉄道の貴生川―紫香楽宮跡（同県信楽町）間で、ＪＲの快速列車と普通列車が、正面衝突するという大事故のニュースが、テレビで報道されていた。

あまりにも無残なニュースなので、画面を正視することは出来ないが、小さな坊やまでがその犠牲になったという言葉が、目を閉じていても、いやでも耳に入って来て、私たちの胸を突き刺した。

十四日に起こったこの事故のニュースのショックもまだ生々しい十五日の朝、この三階の病棟に、祭りの山車に取り付けられていた飾り物の金属が、頭上に落ちて大怪我をした人が運ばれてきた。

洗面所に行く途中にあるロビーは、ハッピ姿の男たちや、町のおばさん連中で一杯になった。その中に顔見知りの人がいる。

顔の歪んでいるお化けは、出来るだけ人目を避けたいのである。

しかも、入院直後は小走りで歩けたのに、これが薬害というのか、今や一歩の歩行にすら苦痛を伴うようになっていた。

だからトイレも、廊下を覗いてみて、出来るだけ人の少ない時を見計らって行くことにする。

今やお化けは、一歩毎に激しい目眩に襲われ涙が出るのである。

涙を流しながら壁を伝って歩いていると、心優しい人が声を掛ける。

「どうなさったのですか?」

「大丈夫ですか、手をひいてあげましょうか?」

人と人とが交流するのに、言葉は欠くことの出来ないものであり、優しい言葉は、傷ついた人の心を慰め、労るものだと思っていた。

しかし、これは一体どうしたというのだろうか……。

善意の人の言葉は、この際、私の脳に塗炭の苦しみをもたらすのである。

この脳に及ぶ苦痛は、まるで新幹線が頭上を駆け抜けていく感じとなる。

自分でも説明のつかない苦痛だし、もちろん苦しみのあまり声も出ないから、手を振って否定の表現をするのが精一杯である。

若い看護婦さんが、「車椅子を持って来てあげましょうか?」と、労りに満ちた優しい声で言った。

こんな優しい言葉が、列車の轟音となって自分を痛めつけるなんて……。

「あのね、ここを新幹線が走るみたいなの……」

頭に手をやって、出来るだけ事実に近い状況説明をやった積もりだ。

看護婦さんは、大きく目をしばたたいて戸惑うばかりである。

ようやくの思いで、部屋に辿り着き、ベッドに横になってから、落ち着いて思い返してみると、「車椅子を持ってきてあげましょうか?」と聞かれれば、自分はただ「はい」と答えれば良かったことではないか……。

どうしてあの時、そんな簡単な返事すら出来ずに、自分の脳は苦痛を感じたのだろうか。

自分でも訳が分からない。

「あーあ、私はどうなっちゃったんだろう」

その時である。

「お前は、1の先生になるのだ」という声を聞いたような気がした。

1というのは、勿論、5段階評価ないし10段階評価の最低の1のことだ。

「子どもの心が分かるためである」

この声を聞いた時、この身に起こった苦痛の意味を、私は全身で納得した。

私は、長年の間子どもたちと関わって来たが、子どもは皆、捉えたと思う端からすぐ手の中からするりと抜けて行き、そして子供たちは、いつも私を振り回して来た。

その捉え所のない子どもの心が、少しでも分かるようになるというのだろうか。そんな嬉しいことが期待出来るなら、私は1の先生になっても良い。

いつか、学校の先生の命令で丸坊主になった久保田が言ったことがあった。

「おれが、学校の先生になったら、きっと良い先生になると思うな」

「どうして？　悪いことやったのが見つかって、今日も罰を受けてきたんじゃあなかったの」

「ウン、まあ、それはそうながやけんど、これにも、自分らちには、自分らちの先生には言えない訳があったがで……。おれが先生やったら、そこのところの生徒の気持ちよう分かるがやけどなぁ」

「と、いうのは、君たちの気持ち、先生は分かってくれなかったんだ」

「そうなが……。10は10、5は5よ、10の先生に、1の先徒の気持ちが分からんのは無理ないのかも知れん。だから、学校の先生に分かってもらおうなんて思っとらん」

先生に理解されることなど期待するもんかと言いながら、本当は寂しがり屋で、誰かにありのままの自分を受け入れてもらいたいと思っているに違いない。


これでもう何度目になるのか、サイドテーブルの引き出しから、ゆう子ちゃんの手紙を取り出した。一年生の女の子らしい大きな平仮名の字に、子どもらしい優しさが光っている。ゆう子ちゃんの手紙を何回も読み返し、またQたちから贈られた花や、友人知人から贈られたたくさんの品々を眺める。

私が、今までこんなに沢山、一ぺんにプレゼントを貰ったことがあっただろうか……。まるでクリスマスが一度に三つも来たみたいだ。

サイドテーブルに乗っかっているオルゴールを鳴らしてみる。

心地よいダンス曲に乗って、ペアのうさぎがゆっくりと踊って回る。

1の先生は、お花やうさぎの人形に囲まれ、オルゴールに耳を傾けて、次第に子どものような柔らかい心になっていった。

窓の外に目を移す。

赤いつつじの花に囲まれた駐車場の向こうの道を、ランドセルを背負った学校帰りの子供たちが行くのが見える。

1の先生は、遠くに見える子供たちに向かって話しかけた。

「ねえ、君たち、私と一緒に遊んでくれないかなぁ」

その夜も、八時間の予定だった点滴は、大幅に長引きそうだった。

子供たちが家路を急いだ道も、今は暗くなってもう見えない。

病室は、カーテンを引き巡らして、夜を迎える態勢に入った。

看護婦さんが、仕切りのカーテンを開けて、点滴の様子を見に来た。

「まだまだだねぇ」

厚化粧の看護婦である。彼女は、いったん開けたカーテンを後ろ手に閉めると、向こうのベッドの幽霊に話しかけた。

「この人、あんたのこと幽霊なんて言うし、ちょっこしおかしないけぇ」

「それはその、私たち、お互いにお化けとか幽霊とか仇名で呼んでるがで、ほかの人にも仇名なんかつけたりして……。ちょっと冗談が過ぎるかも知れんけど、病院生活も、暗いより明るいほうが良いがでなあい」

それから幽霊は、私の病状を的確に看護婦に説明した。

「それに彼女、ちょっこし点滴恐怖症になってはんがいぜ。点滴だけでなく、喉の注射のせいもあんがでなあい？　あの注射、見るからに太くて恐いもんね。この頃、彼女、他の人に話しかけられると、すごく苦痛を感じるみたい……」

この部屋の中で、いや恐らくはこの病院中で、私の現状を本当に理解しているのは、今では我が愛する幽霊だけである。

夜半に、苦痛のあまり声を殺して泣いたのも、幽霊だけが知っている。

そして、ついに幽霊は、看護婦に説明するだけでなく、私の家族にまで、私の症状を説明する羽目に陥ったのである。

次の日の午後、見舞いに来た夫が、

「この箸箱、洗ってきてやろうか?」

と、優しく問いかけたのに対して、私は反射的に苦痛をあらわにして拒否反応を示した。

この思いがけない反応に、問い掛けた当人は勿論、側にいた息子も驚くと同時に、心を痛めたようだ。

幽霊は、急いで廊下に夫と息子を連れ出すと、二人に最近の私の症状を事細かに説明をしてくれた。

夫の問いかけには、なんら難しい答えはいらない。肯定の表現として頭を縦に振るだけで良いと、後になると思うのだが、その時は、途端に「何と答えるべきか?」と自分の脳は激しく悩み、その苦痛の表情と態度が反射的に現れるのである。

不思議なことに、自分で考えをまとめて、自分から話す分には何ら支障はない。すなわち、私の脳は、何かの拍子に混乱する部分と、異状なまでに冴え渡った部分とが共存するようになった。

私は、息子の姿を求めて廊下に出た。

息子の不安感を取り除くために、話をしなければならないと思ったのだ。

彼は、これからまた、長距離をドライブして帰らなければならない。

薬の副作用は一時的なものだから心配はいらない。必ず良くなるのだということを言っておこう。

ロビーで向かい合った息子は、私の話を頷き（うなず）ながら優しく受け止めてくれる。

「お母さんは、忙しすぎたんや、もうこれからは無理をせんようにな」

息子の手は、大きくて温かかった。

二

左手の腫れが引かないので、今度は、点滴の針を右手に打ってもらった。

右手の自由を失った私は、トイレにいった時、本当に1の先生らしくズッコケてしまった。点滴の容器をぶらさげている棒を、奥の方に移動させる時に、誤って棒を倒してしまったのだ。

床が一面、水浸しになって見える。それに、何だか足が濡れたような気がする。

水浸しの床に足をついたのかなあ、そうだとしたら、トイレの床だから気持ち悪いし……、困ったなぁ、どうしよう。

1の先生が、壁にもたれて困っていると、Qたちの声が聞こえてきた。

「センセ、心配しないでッ、すぐに優しい看護婦さんを見つけてきて上げるからね」

「センセ、がんばってね、しっかり、しっかり」

Qたちのかけ声に乗って、若いきれいな看護婦さんがやって来た。

「どうかしましたか？」

「あのネ、私の足、トイレで濡れたみたい……」

スリッパの取れた素足を、看護婦さんは調べてくれた。

「べつに濡れてはいないようだけれど、気持ち悪いんだったら拭いてあげましょうね」

看護婦さんは、急いでタオルを湿してくると、1の先生の足を丁寧に拭いた。

「ハイッ、もうスリッパ履いてもいいですよ。でも大丈夫？　独りで歩いて行けるかしら」

「はい、ありがとうございます。私独りで大丈夫です」

こうして、1の先生が困った時には、Qたちの声が励ましてくれるようになった。

また夜が来た。

やっと点滴が終わって、カーテンの個室の中で、遅い夕食をとろうとして、ベッドの端に腰掛けた。

体力が限界に来ているから、どうしても食べなければ、と思って膳に向かってはみたものの、1の先生は、どうやって食べたら良いのか分からなくなってしまった。

おかずは、筍(たけのこ)の煮つけと酢のもの、デザートは歯ごたえのありそうな生パインである。

「私の顎は、半分役に立たないのに、こんな固そうなおかず食べられそうにない。どうしたら良いのかしら」

今は心の友であるQたちに相談したが、これぱかりは、Qたちにも良い知恵は浮かばないらしい。

しかたがない。別の話をしてみよう。

「優しい言葉は、人を慰めたり労ったりするもので、人を傷つけるのは、恐ろしい言葉や鋭い言葉だと思っていたのだけど、今はその優しい言葉も、私を痛めつけたりして困ったことが起こるのよ。おかしいね……。

それから人間は、他の動植物と違って、言葉を持っているから優れてもいるし、考えを伝えるのに便利だと思っていたんだけど、その言葉が邪魔をして、かえって心が通じなくなることもあるのね」

「子どもはね、」とQは言った。

「子どもは、大人ほどいっぱい言葉を知らんから、よけいだよ、言葉でもって気持ちを伝えるのは、すごく難しいんだ。

だから、しょっちゅう親や先生に誤解される。心が通じないって本当に悲しいね。こちらが、もごもご言っている間に、大人はQの先回りをして、早くああしなさいとか、早くこうしなさいなんて言うんだ」

「早く早くって言われては、Qの考えてること、思ってることなんて、言う間もありはしないね。そうか、君たちは、生き生きした心で、いっぱい良いことを思いつく。だけど経験が浅いから上手に表現出来なかったり、言うタイミングを失ったりするんだね」

「そうなんだよ、センセ、今日は何だか物分かりが良いね」

それからQは、口に人差し指を当てて、「シーッ」と言った。

「センセ、静かにして、よーく耳を澄ましてごらん。ホーラね、小さな小さな声が聞こえるよ」

Qに聞こえた小さな声が、1の先生にも聞こえてきた。

それは、人間のように言葉を持たない花や虫や風の声であった。

山の風が、病院の駐車場の谷底まで下りてきて、またこの三階まで駆け上がって来た。

海の風が、野や川を越え、家々の屋根を越えてやって来て、この窓辺で、山の風と一つになった。

一つになった風は、自在に動き、自在に語る。

何と伸びやかで、しかも何と深い声だろう。

虫の声もする。本当だ。こんな夜に、こんなに暗い闇の底から……。

彼らには、人間の知らない特別な光が与えられているのだろうか？

声はにごりなく、あまりにも涼やかだ。

1の先生の病んでいる動かない頬(ほお)を、ピンクの小花が優しく撫でる。

「泣かないで、落ち着いて待ってなさいな。今に素晴らしい家庭教師を紹介してあげますからね」

花が慰めの言葉をこんなにいっぱい持ってるなんて、私は初めて知った。

詩篇の十九篇の聖句が思い浮かぶ。

もろもろの天は神の栄光をあらわし、
大空はみ手のわざをしめす。
この日は言葉をかの日に伝え、
この夜は知識をかの夜につげる。
話すことなく、語ることなく、
その声も聞こえないのに、
その響きは全地にあまねく、
その言葉は、世界のはてにまで及ぶ。
（詩篇十九篇一〜四節）

人間の言葉の表現方法の一つは、音声によるもので、日常会話では欠くことの出来ない手段である。

しかし私は、この夜、音声を持たないと思われていた花に、こんなにも優しい声と歌のあることに気がついた。

花は、再び優しく話しかけた。

「この日は言葉をかの日に伝え、
この夜は知識をかの夜につげる」

こんな素晴らしい花や風たちの声を聞いているうちに、目から涙が溢れてきた。

薄明かりのライトに照らし出されて輝く花、涙のレンズを通して見た花は、あまりにも美しかった。

指でそっと花ビラに触ってみた。

花は、ゆれて微笑(ほほえ)んだ。

なんて美しいんだろう……。

今一度涙が溢れる。悲しいのではない。

元気だった時には経験したことのない、ひたひたと満ちてくる潮のような慰めである。

こんな素晴らしい世界があったのだ。

元気だった時、私は病人を見て同情した。

元気だった時、私は体の不自由な人を見て気の毒だと思った。

しかし、彼らはその時、私の知らない慰めを受け、私の知らない喜びを持っていたのかも知れなかったのだ。

大自然の中に、あらゆる慰めの源があり、神の栄光が溢れている。

この溢れている栄光に、今夜、私は浴（よく）したのだ。

「ありがとう、小さい花たち、虫たち、そして風よ、いつ如何（いか）なる時にも神さまはいらっしゃるのね」

感謝の想いで胸がいっぱいになった。

その時、ふと一カ月前の出来事を思い出した。

京都の親友の家に寄ったら、彼女が可愛がっていた白い猫が、重い病気にかかって今にも死にそうだった。

もうシロは、独りで食べることも飲むことも出来ない。

「ね、可哀想やろッ、でもね、こうやって食べさせると、一生懸命食べるのよ。ものが食べられる間は、シロはがんばって生きようとしてるんやから、私もがんばって食べさせてやってるんよ」

「こんな風になったら、ね、見て、シロの顎は半分使いものにならへんのよ。こんなになった顎は柔らかいものしか食べられへんと思うやろッ。ところが、いろいろ試してみたんやけど、不思議なことに少し固めの方が食べやすいらしいんよ」

シロに食べ物を与えながら、親友はそんな話をした。

そうだ。あの時、彼女は、「意外と固めの方が食べやすい」って、言っていた。この筍のおかずも、あの時、親友がやっていたように、小さく切って、良い方の顎側に滑り込ませるようにして入れると、何とか食べられるかも知れない。

「ヘエー、ひょっとして、ピンクの花が素晴らしい家庭教師を教えるって言ったのは、なーんだ、シロちゃんのことだったのか……」

「なーんだ、なんて言っちゃあいけないや。センセは、せっかく1の先生にしてもらったのに、家庭教師が猫のシロちゃんだからって、馬鹿になんかしてはいけないよ」

と、Qは言った。

それはそうだ。学ぶということは、へりくだってこそ学べるというものだ。

幸い、私は今や、最低の1の先生なのだから、なんら努力することはない。

ただ、花のように素直になれば良いのだ。

まず、ものはためし。筍を小さく切って、そっと口の左の方に入れてみる。そして利く顎をゆっくりと動かす。何とか筍を噛み砕くことが出来た。

こうして、時間は普通の数倍もかかったけれど、ご飯を半分くらい食べることが出来た。何となく体の奥から力が湧いてくるような気がして来た。

花や、虫や、風や、シロちゃんや、そしてQたちみんなに、ありがとうを言わなければならない。

「1になるといいね。他からいっぱい教わることが出来るものね」

私は、またQに話しかけた。

「だけどさ、センセ。1は1なりに生きることを考えなきゃぁ駄目だよ」

「それはそうだ。私も1なりに病気に打ち勝って生きることを考えてみる」

「センセには、病気のお薬、効き過ぎたんじゃあないのかなぁ」

「そうかもね。私は今まで、お薬なんか滅多に呑んだことないもんね」

「それにさあ、あの喉の注射、あれも効き過ぎたんではないのかなぁ」

「私もそう思う。喉の注射は、もう止めにしてもらわなければ……。もうこれ以上体力を失うわけにはいかない」

「そうだよセンセ。眉や目が元通りになっても、体力がゼロになって、命でも失うことになったら大変だ」

「ホントだ、顔が元通りになっても、命を失ったら何にもならない」

「1の先生、センセの体力はもう限界にきてるんだろッ。さあ、明日、勇気を出して、ドクターにお話してみたら……」

「ドクターには、どういう風に話したら良いかなぁ……」

「ドクターは、たぶん10の先生だから、話す時は、言葉に気をつけた方がいいよ。10の人っていうのは、すごい自信家だからさ。自尊心を傷つけないように気をつけなきゃあ」

「もちろん、気をつけることにするよ。でも大丈夫、先生は1の心になりきって話すことが出来るもの」

そして私は、明日、喉の注射に関して、担当医の意見を聞く決心をした。

三

その日は、土曜日であった。

担当医は、注射器具を持って看護婦を従えて、お昼近くにやって来た。

「さあ、準備をしてください。喉の注射をやりますよ」

若い医師は、早く仕事を終えて帰りたがっていた。

「先生、あのー、少しご相談があるんですが……」

私は、思い切って話を切り出した。

ポツリポツリと、しかも話が前後するような患者の話を聞くよりは、注射を一本打った方が仕事は早い。しかし、さすがは我がドクター。彼は、患者の気持ちを尊重して、私の話を聞くために身を乗り出した。

「今日の注射、止めにするわけにはいかないでしょうか？　今までお薬に縁遠かったものですから、どうも薬が効き過ぎるような気がするんです。夜は眠れませんし……」

「眠れないのは良くないですから、そんな時は、ナースセンターで睡眠薬を貰ってください。そのように言っておきましょう。

それから、薬の副作用があまりに辛いようでしたら、喉の注射は止めましょう。顔面麻痺の症状を、スピーディーに治すのに有効だと思ったのですが、この注射をここで止めても、治療効果が、超特急ひかり号から特急こだま号に乗り換えるような具合になるだけですから……」

「ああ良かった。何しろ体力が無いものですから……。そんなに超特急でなくても、私はゆっくりでいいんで

す」

用意されていた医療器具を、その言葉通り看護婦に下げさせてから、ドクターは、今やほとんど注射恐怖症になっている患者に向かって、にこやかにオマケのプレゼント宣言をした。

「点滴も、今夜で終わりです」

消灯になってから、最後の点滴は終わった。

両手を自由に使って食べる夕食は、昨夜同様、分量は半分しか取れなかったが、身になったような気がする。

立つとまだふらふらするけれど動けないことはない。このお盆を下げてこよう。そろりそろりお盆を持って配膳室に行く。

配膳室の流し台には、私と同様夕食の遅れた人がいたらしく、沢山の食器が積み重ねられてあった。

ここまでお盆を持って来るだけで精いっぱいと思っていたが、私は、汚れている流し台を見た時、「さて、1の人間が、どこまで出来るか試してみよう」という気になった。

流し台の縁(ふち)に身をもたれかけて体を支えつつ、何度も休みながら食器洗いの作業をする。

このいつもは何でもない作業を、極めて遅いペースではあるが、何とかやり終えることが出来た。

「センセ、がんばってよく奇麗にお片づけが出来たね」

Qがほめてくれて、1の先生は嬉しくなった。

1の力しかない者が、最後まできちんと成し得た喜びを噛み締めていると、Qがまた言った。

「ねえセンセ、出来の悪い子どもだって、早く、早くって、大人にせっつかれなければ、上手にきちんとお仕事出来るのにねぇ」

「ホントにそうだね」

Qの言う通りだ。「早くしなさい」と、私は子どもたちに数え切れないほど言ってきた。

配膳室のすぐ前の廊下で人の気配がした。

おばあさんのため息をつくような声が聞こえてくる。

「あーあ、だやいなあ……」

「おじいさん、あんたさんは、若い時分から、競輪じゃあ競馬じゃあ言うて遊んで歩いて、随分とうちに苦労かけなさったが、今の歳になってまで、こんなに面倒かけて、この先、どこまで面倒かけるがかねえ……」

ドアの向こうから、おばあさんの呟き（つぶや）が地を這うように響いてくる。

「さ、もうおとなしゅう寝てくださいよ。ベッドに縛られるのも辛かろうけんど、ちっとは辛抱して寝んにゃあ、病気も早うようならんし、うちも参ってしまうからねぇ」

よいしょっと姿勢を立て直す気配がして、それから車椅子は去って行った。

流し台を離れ、壁を伝(つた)って廊下に出ると、廊下はすでに人の気配もなく、暗いトンネルのように見える。

トンネルの先もまた闇であった。

その闇の小道の中に明るい光のスペースがある。一塊(ひとかたまり)の光は不眠不休のナースセンターである。

「眠れない時は、ナースセンターで睡眠薬を貰っても良い」という担当医の言葉を思い出した。

伝い歩きして来た壁の角から、流れ出ている光の帯を手操(たぐ)って行って、ナースセンターの窓口にようやくの思いで辿り着く。

「済みません。今夜も眠れそうにないので睡眠薬をください」

しかし、期待した睡眠薬は一向に効きそうにない。

カーテンで仕切られた小さな長方形のベッド空間、その暗闇の空気は鉛のように重く、その息苦しさは耐えられない。

ここから脱出しなければ、私の胸はつぶれそうだ。

再びそっとベッドを抜け出した。エレベーターで一階に降りて行く。

一階には、外来用の広いロビーがあった。このロビーは三階のロビーの数倍はあって、その広い分だけ息が楽につけるような気がする。

人工皮革の長椅子は肌触り良く冷んやりして、そこで横になると、病室のベッドの上よりは、幾らかでも休まる気がした。

四

注射を止めてからも、異状な神経の興奮が、時々寄せてくる波の高まりのように起こった。

ある日、私は、ベッドの枠を摑んでテレビを見据えていた。

その日テレビは、子供たちの騒がしさに腹を立てた教師が、その騒ぎと無関係な子どもを、勘違い(かんちが)いして殴ってケガをさせたことを報道していた。

突如、私は、自分の内に沸き上がってくる、怒りとも悲しみともつかない感情を抑えることが出来なくなった。

「どうしてッ。あの子は何もしていなかったのに、可哀想に……。あの子はどうして殴られなければならなかったのッ。ああ、だれか、あの子を助けてやって。神様、あの子を助けてやってッ」

私は、思わず叫び声をあげた。

この場には不似合いな声に自分でも驚いて、

「1の悲しみの分からない者が聞いたら、私を気違いと言うかも知れない」

と、呟く。するとQはすかさず言った。

「なーに構うもんか、すぐにカッときて、よく確かめもしないで子どもを殴る奴の方が、気違いなんだ」


私には、かつてこんな記憶があった。

ある冬の夜、いつもより一時間も遅くやって来た孝一君の頬が、真っ赤に腫れ上がっているのを見てびっくりした。

「何よ、その顔、ケンカでもしたの?」

「いいや、先生に殴られたんや、はがやしいッ、おれ何もしとらんがに」

孝一は、机を叩きながら言う。

「部屋で、伊東のエンピツが二本無くなったが。そしたら、吉村の奴、おれが盗った言うて先生にチクリやがった。

おれ、先生に絶対盗っとらんて言うたがやけんど、先生は、吉村はお前より勉強がよう出来る、その吉村が言うがやから間違いない。お前が盗ったに違いないって言いやがって、生徒指導室に連れて行かれて、そんで、そこでごっつ怒られた」

「それで、その時先生に殴られたの?」

多分、孝一の態度も反抗的で、先生には、頭に血が上るほど、傲慢(ごうまん)に見えたのであろう。

「それにしても考えられないなあ、たった二本のエンピツが原因でしょう? それに、孝一も先生に事情をちゃんと説明したんでしょう?」

「もちろん、おれ、先生に言うたった。おれは絶対に盗っとらん。嘘(うそ)やったら、おれ、死んでやるッて。そしたら先生、おお、死んでみせろッて……」

「まあ、それで?」

「もし、先生の方が間違うとったら、おれに土下座して謝れッ、て言うたが。そしたら、おう、もしも先生の方が間違えとったら、お前の言うように土下座でも何でもしてやるわい、って先生は言うた」

「お母さん、孝一の顔を見てびっくりしたでしょう?」

「うん、おっかちゃんは、すぐ吉村とこに電話して、今日のことが吉村の勘違いやったこと確かめると、すぐ先生にも電話した」

「じゃあ、先生、孝一の正しかったこと、分かってくれたのね」

「分かっても、あいつら、絶対に謝らんと思う」

彼は、教師を信じられなくなった悲しみをあらわにして、また激しく机をたたいた。

あるいは、この教師が勘違いして子どもを殴ったニュースに接した途端、あの冬の午後に孝一とやりとりした時の記憶が呼び覚まされて、私を異常な興奮に駆り立てたのかもしれない。

この私の異常な興奮状態のさなかに見舞い客があった。同じ仕事仲間の友人である。

「これ、我が家の庭に咲いてたのよ」

薄紫の花を手にした武部さんが立っていた。

「私、今すごく変やったでしょう?　何だか興奮してしまって……」

「病気をするといろんなことが起こるのよ。でも大丈夫、どんな時にもそれはそれなりに、他の人には分からない慰めはあるんだから……」

友は、病む私の背を優しく撫でながら言った。

「私なんか、あなたよりずっと長い間、病気と戦って来たから分かるんだけど、そりゃあ、理解に苦しむようなことがいろいろ起こるわ。

でもそんな中にも、不思議に慰められることがあるし、健康な時には気がつかなかったようなことが分かったりもするわ」

今までに何度も病気と戦ってきた武部さんが、微笑みながら語ってくれた言葉は、戦い疲れた私の体と心を優しく包み込んだ。

武部さんが言うように、闘病中には、不思議なことがいろいろ起こる。

私の脳は、この興味深い出来事を細大漏らさず観察し、記録しようとして働く。

彼は、好奇心に満ちて、いよいよ眠る間も惜しんで活発に動き回る。

この動き回る脳は、私自身を疲労の極に追いやるのである。

夜のベッドは、彼の働きを更に活発にさせる何かがあった。

私は、自分を守るために逃げ出さなければならない。でなければ、私はついには破壊されるであろう。

夜になると、私はまたベッドルームを抜け出した。エレベーターを使って一階に降りる。

一階に着くとまずは化粧室に行って、水道の水で何回も顔を洗う。

顔を水で冷やすと、オーバーヒートしかかっている頭が幾分なりとも冷やされる気がするのだ。

この一階の化粧室を利用することを教えてくれたのも、幽霊である。

「三階のトイレは、シビンの棚があって狭くて臭いから、私、一階のトイレに行くことにしてるの。エレベーターで降りれば楽だし、一階のトイレは外来用だから広くて綺麗で気持ちが良い」

ジャージャー水を出しっぱなしにして、顔を水で浸していると、背後から声をかけられた。

「とうとうお化けも、ここまで来たがア」

「ええ、幽霊が言う通り、ここはホントに綺麗で気持ちが良いわねえ」

ここで折角、幽霊と出会ったが、私は一緒に部屋に帰るわけにはいかない。

私は、自分に必要な休み場を求めて、そのまま一階のロビーに向かった。

一階のロビーには、所々に観葉植物の鉢が配されていて、葉かげのソファーは、今や、唯一の憩い場なのだ。

しかしその憩い場に辿り着く前に、私は若い看護婦に引き戻された。

「こんな所で何をしてるんですか。早くベッドに行って休みなさい」

職務に忠実かつ善意の看護婦には、従わなければならない。

とは言うものの、私は悲しみでいっぱいになった。

「あーあ、今夜も休めそうにない」

私は、看護婦の指示に従って再び三階に上がったが、エレベーターの出口の傍らで立ち往生してしまった。

この綿のように疲れ切った体を動かす前に、一息入れねばならない。

目を閉じたままで立ちすくんでいると、そんな状態の私に気がついた看護婦が走って来た。

「どうしたの、だいじょうぶ？」

「ベッドルームでは休めないもんだから、一階のロビーで休もうと思ったんです。でもあそこは駄目だって……」

「じゃあ、ここで休みなさい。私がちゃんと見張ってて上げるから……」

ではと寄りかかった看護婦の腕は、ガッシリとし

て力強かった。

この腕ならば、安心して寄りかかることが出来、この腕の中ならば、休みを得ることが出来ると思った。

彼女は、私を毛布にくるむと自分の膝を枕にしてソファーの上に横たえた。

この頼もしい看護婦の見守りの中で、私は、入院以来はじめての安息を得た。

五

「センセ、どうしたの、今度は歩くことも出来なくなっちゃったの？」

Qの声が耳元でする。

娘の肩に掴まって立つことは立ったのだが、方向転換が思うに任せない。

こんな状態で退院とはおかしな話だが、病院では眠れそうにないのだから、心身の休養が第一と考えた時、退院を勧めた医師の判断は、あるいは適切なのかも知れない。

「表に車回して来たよ。車の所まで歩いて行ける？」

「ええと、ちょっと待って」

左足を左に向けるのに、両手で左足を抱えて左に向けなければならない。こうして軸足の方向を決めると、今度は、右足の向きを左足の向きと同方向にゆっくりと変えていく。

「はい、だいじょうぶよ」

後は、「イチニッ、イチニッ」。心にQの声を聞きながら、一歩ずつ進む。

やっとの思いで車に乗り込んだ私は、帰り際に手渡された大きな薬の袋に気がついた。

ビニールの透明な袋には、輪ゴムで留めて種類別された三組の薬の束が入っている。

ピンクとブルーと乳白色のカプセルがいっぱい詰まっていた。

「この薬は、全部手をつけないで捨てることにしよう」

つい今しがた、薬害が、歩行という基本的な運動機能にまで及んだことを知ったばかりなのだから……。私は娘の目につかないように、薬の袋を洗濯物の奥に突っ込んだ。


注射を止めて三日経った今になって、口腔の渇きが激しくなった。

舌全体が、まるで白壁を塗ったようにガバガバである。

「水を、水を」

あまりにも苦しいこの渇きを癒すには、水分を間断なく口腔に含ませていなければならない。

たっぷり水を含ませたタオルを口にくわえて、渇きに耐える。

我が家に到着すると、何よりもまず流しで水を浴びるほど飲んだ。

喉の焼け付くような渇きは幾分おさまったものの、退院のこの日にも、家には見舞い客が夕方まで絶えず、神経は過熱状態が続いている。

夜になった。

最後の客も帰って、娘一人が残った。

「お父さんは東京に出かけているし、こんな状態のお母さんを独り置いては帰られない」

娘は、彼女の自宅に電話を入れると、私の横に自分の床をとった。

「お母さん、私が子どもの頃、この歌をよく歌ったね」

娘は、黒い表紙の聖歌を手に取ると歌い出した。

娘はそれを子守唄のように静かに歌い、私の神経を休ませようとする。

　つみとがをにのう　ともなるイエスに、
うちあけうるとは　いかなるさちぞ、
やすきのなきもの　なやみおうもの、
ともなるイエスを　おとずれよかし。

娘の歌う聖歌は、春雨のように柔らかく降り注ぐ。

娘は、私が眠りに陥るまで歌い続けるつもりらしい。

眠れなくとも寝たふりをしよう。娘も疲れているのだから……。

握られていた手の力をそっと抜く。

「お母さん、眠った？」

そう呟いたと思う間に、娘は深い眠りに落ちていった。

そもそも眠りたいのに眠れないのは、大脳皮質で考えたことが電気刺激となって覚醒中枢に作用してしまうことに起因するらしい。

もう何も考えないことにしよう。

「我が心よ、無心であれ」

かく必死になって自分で自分に命令するのだが、自分のものでありながら、私の脳は自分の思うようにコントロール出来ない。

全くのお手上げ状態である。

こうなれば、私に残されている手立ては祈り以外にない。

「主よ、お願いです。私に眠りを与えてください」

娘の優しい歌声と、主に寄り頼む心とがあいまって、神経は多少休められたらしく、朝方になって少しはウトウトした。

しかし、風邪のウイルスによって圧迫された視神経のその圧迫を解くために投入された薬は、神経の機能に不思議な変化を及ぼしていた。

明くる日になって、私の脳は、再びくるくる舞いを始めた。


氷見(ひみ)から梶さんが見舞いに来てくださった。

嬉しかった。

「この方が私を病院に連れて行ってくださったんだ。さあ、お礼を言わなければ……」

でも、どうしたのだろう。すぐに声が出ない。

感謝を込めて私は、梶さんの肩に手を置く。

すると梶さんは、私を抱きかかえながら心配そうに顔を曇らせた。

「私、何か変なのかなあ……」

「そうだ、歌ってあげよう。この私の感謝の気持ちを、さあ、私は美しく歌えるはずよ」

立ち上がって歌い出すと、なめらかに大きな声が出た。

「でも、どうしたんだろう?」と1の先生は悩むのである。

娘も友も、どうやら喜んでくれてはいないようなのだ。

このようにして、私の脳は興奮状態をエスカレートさせていった。

すっかり参ってしまった体は、「休ませてくれッ」と悲鳴をあげている。

それにもかかわらず、自分自身がくたくたになるだけでなく、午後になると、周りの者たちをも混乱に巻き込んで行った。

娘が電話をかけている。

「お父さん、どうしよう。お母さんがおかしくなってしまった」

娘は多分そう言っているのだ。

そして早川さんはといえば、心配のあまり隣室に行って泣いている。

私は早川さんを泣かせるようなことを要求したに違いない。

「主よ、お許しください。私は、早川さんを苦しめるようなことをしてしまいました」

枕に顔を埋めて、私は祈る。

涙が溢れて、枕が濡れた。

涙の祈りの後、次第に心にも水が満ちてきて、先程までの神経の高ぶりが嘘のように静まった。

その昔、バビロンの王ネブカデネザルが、彼の慢心と高ぶりの心によって犯してしまった罪の結果、国を追われて都落ちし、彼は人間の中から追い出され、野の獣とともに住み、牛のように草を食べ、その体は天の露に濡れて、ついに彼の髪の毛は鷲(わし)の羽のようになり、爪は鳥の爪のようになった。

しかし時が満ち、彼が目を上げて天を仰ぎ見た時、彼の理性は彼の内に帰ったという(ダニエル書四章)。あのネブカデネザルの故事は、私の上にも現実のものとなった。

すなわち、しばしば私の脳は混乱して、私自身だけでなく周りの者をも巻き込んで苦しめたが、そのような中から目を天に向けて祈る時、理性は再び内に戻って心は穏やかになった。

このようにして一度は引くかに見えた波の高まりは、夕方になって再び襲ってきた。

「あの可愛いまきちゃんに会えば、まきちゃんに会いさえすれば、私は良くなる」

私はまきちゃんの姿を見たと思った。

ところが今しがた姿を見せたまきちゃんは、せっかく部屋の入り口まで来たのに、またピョンピョンと飛び跳ねながら出て行ってしまった。

私は、まきちゃんの姿を追って表に飛び出して行った。

だけど、まきちゃんは、彼女の大好きな花壇にも隣の畑にもいない。

「ああ……」道端にガックリ膝をつく。

娘や早川さんや早川さんのご主人たちが、慌ててそんな私を追って来た。

そのまま私は、追ってきた人々の手によって車に乗せられる。

早川さんのご主人が、必死の面持ちでハンドルを握っている。

私は、再び病院に連れて行かれるらしい。

やはり見覚えのある坂道を走っていた。

「あッ、Qが、Qが大勢いる。病院なんぞに行かなくても、Qにこの手を取ってもらえさえすれば、私の病気は治るのに……」

Kマートの角辺りにたむろしている数人の子供たちに向かって、私は力の限り手を差し伸べる。

娘は懸命にそんな私の手を押さえ、運転手もまた懸命にハンドルを操作する。

病院に着くと、軽々と多くの手によって抱え上げられて、私は集中治療室に連れて行かれた。

集中治療室の入り口には、私をその腕に抱えて休ませてくれたあの看護婦が、両手を広げて待ち構えていた。

その暖かい手に寄り縋って、1の先生は訴えた。

「まきちゃんに会いたいんです」

「それから幽霊にも……。幽霊は、私を一番分かってくれる人だから……」

病室内で交わされた療友同士の仇名が、ここで通じるわけがない。

若い真面目な医師は、私の顔をポカンと見て、それから見る見るうちに、その目には涙が盛り上がってきた。

医師の涙は私をまごつかせた。

「先生は素晴らしい医師で、私にしてくださった治療は適切だったんです。何も心配することはありません。私は、今はただ体力を失っているだけで、すぐ元気になるのだから……」

しどろもどろになって私は、息子のような若い医師を慰めようとする。

しかしこうした患者の言葉は逆効果となったらしく、青年医師は涙ぐんだ顔をさらに曇らせた。

彼は、この患者を自分の手に負えないと感じたに違いない。

もっとまずいことには、彼らは、私を奇妙な装置のいっぱいついたベッドに縛りつけようとするらしい。

数人の人手によって押さえつけられた私は、太い注射を尻に打たれ、まるで麻酔銃で打ち倒された獣のように眠らされた。


集中治療室に朝が来た。

朝の光の中で、娘がまるで白バラのように輝いていた。

彼女は白衣を着て、頭には白いキャップまで付けている。

「あらッ、お母さん、目が覚めた？」

「えっちゃん、ずっとここにいてくれたの？」

「ううん、朝方早川さんと代わったのよ。早川さんが、昨夜はずっと付いていてくださったんだよ」

「病院の朝食きてるんだけど、お母さん食べる？　それともおにぎりがいい？　早川さんのお嬢さんが作ってきてくださったのがあるんだけど……」

「そうねえ……」と言って起き上がろうとしたが、全然身動きが出来ない。

胸は息苦しいまでに強く圧迫され、その上両足まで固定されている。

「これを外してくれないかなあ。息がつけないくらい苦しいもの……」

私をベッドに縛りつけているものは、鎧（よろい）のように堅い金属の帯である。

「先生のお許しがないと外せないんですけど……」

と、躊躇する看護婦と娘との押し問答の末、食事をとるためにということで、娘は看護婦の協力を得て、抑制帯を解きにかかった。

抑制帯は、頑丈かつ複雑に出来ているらしく、一カ所を解くのにも時間がかかった。

やがて片足が自由になり、胸の圧迫も緩められた。

「こんなに締め付けなくとも、私はもう動けないほど弱っているのに……」

「お産の時、私もこんなのにはめられたことがある」と娘が後で言っていたが、この大げさな医療機器は、どう考えても、患者のためのものではなく、医師や看護婦の手数を省くために考案されたものとしか思えない。


このベッドから、一刻も早く解放されなければならない。

そのためにも力をつけなければ……。

「おにぎりを一つ、手に持たせて……」

娘が左手に持たせてくれたおにぎりを、右手で小さく千切ってゆっくり食べる。吸い飲みの水を飲ませてもらい、奈良漬けの小片も食べる。

こうして娘に助けられて食べた一個のにぎり飯は、私に立ち上がる力を与えた。

「尿毒症になってはいけないから、いつでもオシッコをしてくださいね。そのためにも紙おむつはしておかなければ……」

看護婦さんは、寝たきりを予想して紙おむつを持ってきた。

でもQよ、先生は、たしかに1の先生になってしまったかもしれないが、先生は先生なんだ。先生の誇りにかけて、紙おむつは取り下げにしてもらう。

「紙おむつなんてしなくても、もうすぐ私は立ち上がり、誰の手も借りずに歩いてトイレに行く」

両方の足枷（あしかせ）が取れた時、私は左右の足を交互に伸ばしたり折り曲げたりして、両足の筋肉に力をつける運動をした。

そしてやがて私は、自分の確信した通り、ベッドに摑まってではあるが、立ち上がることが出来ただけでなく、そろりそろりと壁を伝ってトイレに独りで歩いて行くことが出来たのである。

このような病床の中にあっても、私の心の中には、いつも消えることにない光のような言葉があった。


いと高き方の隠れ場に住む者は、全能者の陰に宿る。

私は主に申し上げよう。

「わが避け所。わがとりで。私の信頼するわが神」と。

主は狩人のわなから、恐ろしい疫病から、

あなたを救い出されるからである。
主は、ご自分の羽で、あなたをおおわれる。
あなたは、その翼の下に身を避ける。
主の真実は、大盾であり、とりでである。

この詩篇九十一篇の言葉は、私が二十代の駆け出しの伝道者であった頃、東京都内の病院に出かけて行って、何度も繰り返し、病者を励ますために語った言葉でもある。

五人の中高生が、赤いバラの花束を持って見舞いに来た。

Ｑはお化けをつくる

一

病気が良くなって元気を取り戻してから、ある日、早川さんにお礼を言った。

「あの時は、妙子ちゃんのおにぎりで助かったわ。私、あの時の味、死ぬまで忘れないわ」

「ほんとに良くなって良かったですね。でも、おにぎりって言えば、ほら、あの京都の何て言いましたっけ。そうそう、清水寺の側の小さな公園で、先生と一緒に食べたおにぎりの味、あの味も絶対に忘れません」

「あそこ、たしか筆塚（ふでづか）だったと思うんだけど……、ほんとに、あの時はまだ嵐の真っ只中だったものねえ」

平成元年の秋から平成三年の春までの約一年半、早川さん一家と私は、訳の分からない嵐に巻き込まれたのであった。早川家の長男Aに起ったその出来事は、「一筋の光柱」の中で、特筆すべきこととして詳しく記録したのだが、ここでは、紙面の都合上、この物語の終わりに簡略に書き加えることとした。

さて、私を嵐に巻き込んだのは、何もそれに限ったことではない。

個性に富んだQたちは皆、それぞれがそれぞれに、いろんなことで私をドキドキさせたり、ハラハラさせたりした。

あれは、お化け屋敷のような百年物の古い家を壊して、教会を建てたばかりの頃であった。

「センセ、お金足りんかったから、前の方いっぱい空けて、後ろの方に小さな教会を建てたがやろッ」

と、あの時、誰かがいささかこちらをムッとさせるようなことを言ったが、それは本当のところだから仕方がない。

それでも、この小さな赤い屋根の教会が建った時、チビのQたちは大喜びだった。

教会の前には、乗用車が優に六台くらい駐車可能の空き地が出来たのだ。

この白いコンクリートの空き地をキャンバスにしたら、思いっきり楽しい絵が描けそうである。

ある晴れた日、私は、その空き地にゴザを広げてQたちの陣地を作った。

陣地さえ作っておけば、Qたちが、そこで寝転んだり、でんぐり返ったりしながら、この日のプログラムを、自分たちで自由に組み立てていくに違いない。

学校から解放され、学研のプリント学習もなしの、全くの自由の日である。

私は、朝早くから、パン食い競走用の大きなドーナツをいっぱい作った。

Qたちは裸足(はだし)になって、ダルマさんころんだをやり、ハンカチ落としをやり、パン食い競走をやった。

最後には、誰言うともなく、本物の運動会らしくリレーをやろうということになり、町内一周のリレーをした。

みんな一生懸命で、汗だくになり、ついにはへとへとになって、陣地のゴザの上に大の字になって伸びてしまった。

その時、誰かが、

「目ェ、つぶっとっても空が見える」

「ホントや、目ェつぶっとっても明るくてまぶしいなぁ」

数人のQたちと一緒に、頭をぶっけるようにして、向日葵(ひまわり)の花の形に寝転んで見上げた空は、長くて暗い冬にやっと別れを告げたばかりのみずみずしい青空であった。

小運動会をやった後しばらくは、Qたちの心の中には、あの日の青空の明るさが息づいているようであった。

「センセ、また今度、運動会やろなッ」

「センセ、遠足もしよう」

こんな会話が何回か繰り返されて、とうとう四月の終わりに、鳥尾公園へ遠足に行くことになった。

穏やかな春の海辺の公園で、可愛いQたちと思いっきりたわむれる……。

それは私にとっても、伸びやかな楽しい一日になると思われた。

しかし、口の悪い中学生は、遠足の前日まで、

「そんなもん、チビと一緒になんかカッコ悪うて行けっかッ」

「のう、お前行くがか？　おれは絶対に行かんぞッ」などと言っていた。


遠足の当日である。

「センセ、まだけーえ」などと言いながら最初に現れたのは、実は例の男子中学生であった。

しかもその中の一人の手には、真新しいサッカーボールさえが光っている。

伏木（ふしき）から氷見行きの電車に乗って、三つ目が目的地の鳥尾である。

夏場、海水浴客で賑わう駅前の広場も、公園の中もほとんど人出がなく広々と見えた。

まるで、松林や芝生のみどりは勿論のこと、この富山湾のでっかい海まで、私たちを取り巻く自然の全てが、私たちみんなの貸し切りみたいである。

思う存分、芝生の上を転げ回り、海辺の砂を積み上げたりして遊んだ。

最後は、チビたちの中に割り込んで来た中学生も一緒になって、サッカーボールで投げ合いをした。

「小さい子には、ゆるく投げたげるんよッ」

「分かってる、分かってる」

「年寄りにもゆるく投げてやる」

砂浜はまぶしく白く光って波うっており、所々思いがけなく盛り上がったりしていて、夢中でボールを追ったり逃げたりする時、両足がもつれて転びそうになる。そんな時、空と砂浜がでんぐり返り、体全体が風をはらんで、まるで宇宙遊泳をしているような気分になる。

やがて、Qたちは、私を目掛けて集中攻撃を開始した。

新しいサッカーボールが、腰に何度も当たり、ついには目の前でサク裂した。

「痛いッ」と思わず手を口にやると、掌（てのひら）に血が付いた。

「ちょっと待ったッ」

金冠を被せてあった前歯がポロンと取れてしまったのだ。

唇も少し切れて、腫れてくるようである。

「センセ、だいじょうぶかあ？」

サッカーボールを持ってきた中学生が気にしているようである。

私には分かっている。中学生の君たちではない。これは手加減の出来ない大勢のチビたちの仕業なのだ。

とんだガキ大将の負傷で、最高に盛り上がっていたQたちの気分にも水が入り、これで、遠足はお開きということになってしまった。

その後、しばらくの間、私は、人前に出る時には、大げさなようでもマスクをせざるを得なくなってしまった。

前歯が欠けただけではなく、上唇がアザになって腫れ上がったからである。

マスクも取れた五月の日のある夕方、

「センセ、国分の浜に蛍イカが来たから捕りに行こう」

と一喜たちが誘いにきた。

薄曇りの晩春の日、風もなく生暖かい空気が重く澱んでいるような夜に、深海性の蛍イカは海の浅瀬にやって来るという。

その年の冬は大雪だったから、雪解けの頃には、富山湾名物の蜃気楼も、その幻想的な光景を繰り広げたのではなかったか。

蜃気楼と蛍イカ、富山に住んで、この素晴らしい大自然のパノラマを見ないなんて法があろうか。

私は、大急ぎで長靴を履（は）くと、バケツを持って彼らの後を追っかけた。

漁師用の網らしい網を持っているのは良介だけで、他は破れかけた捕虫網や懐中電灯を持っているだけである。

「トンボ捕りの網なんかで、蛍イカ捕れるのかなあ……」

「大丈夫、あちらさんから大勢で押しかけて来とるがやから……」

暗くなった海辺には、そこここにカンテラの灯が揺れており、灯が揺れるたびに大人や子どものシルエットが浮かんだり消えたりする。

墨を流したような黒い海面には、オレンジ色の光の帯がそちこちに友禅流しのように揺れている。

堤防の上から身を乗り出して覗いて見ると、光の帯の滲（にじ）んでいる辺りの波間に、たくさんの蛍イカが泳いでいるのが見えた。

海面近くまで下りて行って、片手で堤防の石を掴み、もう一方の手で一と掬いすると、簡単に数匹のイカが捕れた。

海面から空中を舞って、石の上に網が置かれるまでの数秒間、小さなイカは、その名の通り蛍灯（ほたるび）を光らせるのだ。

網からイカを取り外す時、その青白い美しい光は手の中でたちまちに消え、小さなイカは「キューッ」と哀しい声を上げるのであった。

小一時間の間に、バケツいっぱいの蛍イカが捕れた。

波打ち際の砂浜にも、たくさんのイカが打ち上げられているようである。

戦利品を手にしてアスファルトの県道に戻ってみると、いつの間にか、ラーメンや焼き芋の屋台が店を開いていた。

先頭の一喜が、焼き芋屋の前で立ち止まった。

すると日頃おとなしい良介まで、「労働者にお恵みを……」と言わんばかりの目つきをして、私を振り返った。

「仕方がない。奢（おご）ってやるか……」

焼き芋を頬張りながらの帰り道、蛍イカの身の振り方を相談した。

とにかく、まず大漁の獲物を大鍋で茹でる。

それから少し冷めたところで、ビニール袋に小分けしてそれぞれが持ち帰ることになった。

しかし、いざ熱湯の中で赤く縮み上がっていくイカを見ると、

「わあ、残酷、可哀想で見ておれん。おれはもういらんわッ」と、気の優しい一喜が簡単に権利を放棄した。

漁師用の綱で大漁を誇っていた良介も、

「おれも、こいつらを食う気にはなれん」と言う。

皆の掌の中には、光を失いながら鳴いたイカの声と、その小さな軟体の感触がしっかりと残っていたのである。

二

ある晴れた真夏の夜、一人の青年が自作の天体望遠鏡を持って来た。

彼はそれを前庭に据えて、まず木星に焦点を合わせた。

「わあ、きれい。木星の縞模様がはっきり見える」

歓声を上げたり、ため息をついたりしながら、その夜に来ていた中学生たちと交代しなが

ら、星の観測をした。

次に焦点を合わせて観た土星にも、皆感嘆の声を上げる。

レンズの中の土星は、これが地球の九倍以上もある惑星とは信じがたい愛らしさである。つばの広い麦わら帽子を被ってちょっと首を傾けて、はにかんでいる少年のような感じがするのだ。

この感じは誰かに似ていると私は思った。

そうだ、あのはにかみ屋のまあちゃんだ。

「日曜学校にいらっしゃい」と、街角で遊んでいた子供たちに声をかけた時、最初にやって来た子供たちの中の一番小さな男の子。

まあちゃんは、お姉ちゃんたちと連れだって初めて日曜学校に来た時、まだ幼稚園の年少さんだった。もう一人同い年の児がいて、私は、良く日曜学校が終わってからも、小さい二人と駅にある池の金魚を見に行った。

子ども会をやった後では、夏は影踏みをして遊んだ。

強い日差しの中で、伸びたり縮んだりする影を追ったり追われたりして疲れ果てると、子どもたちと並んで自分たちの黒い影を見つめ、振り仰いだ青空に同じ白い影が出来るのを面白いなぁと言いあった。
冬は、勿論いろんな雪遊びをした。

　まあちゃんが、日曜学校の歌の中で一番好きだったのは、子どもさんびかの七十九番の「ふくいんのきしゃ」である。
「リクエストしたい歌ありませんか？」
　と尋ねると、まあちゃんは決まって「ふくいんのきしゃ」と大きな声で答えた。
「初めはゆっくり出発進行。それからだんだん速く、しまいには超特急よ」と、私は子どもたちの声に合わせて、オルガンの弾く速度をどんどん上げていく。

すると、まあちゃんは、大きい子に負けじと顔を真っ赤にして懸命に歌う。

その大人しいけど元気だったまあちゃんが、一年生の冬に病気になった。

「でもね」とまあちゃんのお姉ちゃんも、お姉ちゃんのともだちでまあちゃんを可愛がっていた真理ちゃんも、「まあちゃんは、だいぶ良くなったから、クリスマス会には必ず行くって言ってるよ」と言っていた。

私は、その年の冬までに何十回もクリスマス会をやった。

青年会のクリスマスキャロル、大小様々の教会のクリスマス、神学校のクリスマス、病院訪問の小さなクリスマス、いずれも清らかで美しく、そして楽しいものであった。

しかし、この年のクリスマスはかつて経験したことのないものとなった。

まあちゃんの全快祝いを兼ねたクリスマス会だからと、私は、特別まあちゃんのお菓子を用意して準備をしていた。

あと一時間もすれば子どもたちが大勢で押しかけて来る、と、すべての準備を終えてひと息ついていた時である。

玄関の戸を開け放したまま、真理ちゃんが慌ただしく飛び込んで来た。

「センセ、まあちゃんが、ついさっき亡くなったって……」

真理子は、玄関の土間に突っ立ったまま肩で息をしながら叫ぶように言った。

この後、私はどのようにして子どもたちのクリスマス会を進行したか、よく覚えていないのである。
ただ、何回も何回も私と子どもたちは、まあちゃんの好きだった「ふくいんのきしゃ」を歌ったことと、原色のロウソクの明かりが、やけに暗い色だと感じたことだけを覚えている。

ふくいんのきしゃに　のってる
　　　　　　　　　　てんごくいきに
つみのえきからでて　もうもどらない
きっぷはいらない　主のすくいがある
　　　　　　　　　それで　ただゆく
ふくいんのきしゃに　のってる
　　　　　　　　てんごくいきに

天頂から南の空に向かって銀河が流れ下っているのが見える。
あの銀河の流れをまっしぐらに駆け上がって、まああ

ちゃんは天国に行ったのだろうか。

星空を見上げていると、「まあちゃんの星はどの星かしら……」などと、いつの間にか星々に、まあちゃんの面影(おもかげ)を尋ねていた。

またある夏の日に、私は伸びざかりの若竹を突然鋭い刃物で切り裂いたような若者の死に出会った。

その時私は、切り口の鋭いその新しい竹の刃で、この胸を刺されたような痛みを感じた。

それ以来、いつの日からか胸に痛みを覚える時、私は自転車で城光寺橋に行って、橋の上から立山連峰を望むようになった。

山は、ある時は白銀に輝き、またある時は青く霞(かす)んで見える。

いずれの時も、山の姿は、私の心に慰めを与えてくれるのである。

あの夏の日から、何度この橋の上に立ったことだろう。

真面目で礼儀正しい小紳士だった高志。わんぱくぶりを私の前で見せたことのなかった彼が、中学生になると両親や私たちをハラハラさせるようなことをしたのは何故なのか。彼の孤独な心を共有出来なかった足りなさを思う。

もっとも彼の死は自殺ではなく、海での事故によるものなのだが、彼が自分の命を大切に思う気持ちが強ければ、知らない海で遊ぶ時はその海の安全性を確かめたはずである。

「何が、彼をして危険な波に挑ませたのだろうか……」

「死んでしまっては取り返しがつかないではないか……」

はじめて彼の死の知らせを聞いた日、私はこんなことをぶつぶつ呟きながら自転車を走らせた。

その日は晴れていたのに、山は霞んで見えなかった。

見えない山に向かって、私は何度も同じような言葉を投げかけたのだった。


一九八九年の八月、私たちの教会は、東京交響楽団首席チェロ奏者ベアンテ・ボーマン先生ご夫妻をお招きして、コンサートを開催した。

あの時、高志は友人の高崎君と一緒に、会場準備など手伝うべく早めにやって来た。

コンサートには、教会学校や学研教室関係のQたちが大勢来会し、そこに参加した若者たちは、ボーマン先生の素晴らしいチェロ演奏と、信仰の輝きに満ちたトークに、魂が揺すぶられたはずである。

彼は、こうした教会の集会に、学研教室を終えてからも何度か参加したことがある。

あなたの若い日に、あなたの創造者を覚えよ。わざわいの日が来ないうちに、また「何の喜びもない」と言う年月が近づく前に。（伝道者の書十二章一節）

彼に、このような聖書の言葉に接する機会があったということが、わずかながら今は私の慰めとなっている。

三

五月の終わり頃のことである。

掃除をするために教室脇の小部屋に入った私は、部屋中の戸や柱を見てびっくりした。まだ本肌も新しい柱や戸に、大小さまざま、鉛筆の落書きがいっぱいなのである。

「バカ、ダラ、死んじまえ」エトセトラ……。ざっと数えて、二十、三十ではきかない豪勢さである。

字を見ると、これが誰の仕業か大体の想像はつく。大胆なこのいたずらは、意外と女の子かもしれない。

「よっぽどストレスがたまっていたんだね。だけど、これはちょっとひど過ぎない」

「よくもこんなにたくさん、悪口を並べられたもんだ。これだけ書けば少しはすっとしたことだろう……」

などとぶつくさ言いながら、落書きをケシゴムで消し始めた時、

「うえーッ、すげえなあ」

という大きな声が背後でした。

突然現れたのは宏であった。

「まさか、これあんたの仕業ではないでしょうねえ」と言う。

すると彼は、「冗談きついなあ。おれがこんなことするわけないじゃん」と言いながら、
ケシゴムをとってきて、私の横にドカッと座った。

「こいつ、よっぽどストレスたまっとったんやなぁ」

「そんでも何か、こんなことする気持ち、分からんこともない」

宏にも何事があったようである。

「あのなぁ、センセ。おれ、この前の晩、実は補導されたんや……」

「…………」

「祭りが終わって、すぐに実力テストやったやろッ。おとっちゃん、オレが勉強すんの、木刀持って見張ってるんや。中三になったら、一回一回のテストがんばらんといかんいうて
……」

「それは大変やなぁ」

「あいつ、自分は酒呑んでいい気持ちになっとるくせに、オレにはいつでもくどくど説教す

るのや。

　この前の晩、おとっちゃんが便所に行った隙に、オレ二階の窓んとこから抜け出したった」

「それで……」

「二階の窓から屋根の上に出て、ブロック塀のところまでそろそろ這って行って、それからブロック塀を伝って表の道路に下りたが。表に出てからいろんなとこ回って、夜中の二時頃やったかなあ、国分の浜をぶらぶらしとるところを補導員に見つかったが……」

「そうか……、お父さんにやいやい言われる前にやれば良いのに……」

「そうは思うがやけど、なかなか思うようにはいかんが……」

「それにしても、この字は、いやに力が入っているなぁ」

　鉛筆の黒い色素を消し去っても、手負いの傷は、当分の間は深く浅く残るに違いない。


　宏の兄信一も、中三の時に、補導以前のことをやった。

　あの年の夏は酷暑の日が何日も続いた。

　存続を危ぶまれている氷見線の電車は毎日、大勢の海水浴客を忙しそうにピストン輸送していた。

　朝晩、裏の庭木に水をやっていると、その間に一度くらいは、活気を取り戻した電車がやって来て、その熱い息を草の実と一緒に吹きつけていった。
まさかこのふわふわと飛んでいく草の実のように、信一が、行き方知れずになっていると
は思いもしなかった。
「心当たりのお友だちや、東京の親戚など片っ端から尋ねたんですが、どこへ行ってしまっ
たのか、さっぱり分からないんです。もしかして先生にお心当たりでもあれば、と思いまし
て……」
と、信一の母親が尋ねて来て、初めて信一が家出したことが分かったのである。
「エーと、今日は何曜日でしたっけ……」と、壁に貼ってあるカレンダーに目を走らせなが
ら、私は、エーと去年の今時分は、などとせわしく思い巡らしていた。
彼が行きそうなところ、彼が行きたいと思うところ……は、なるほど、そういうことか
……。
ことの始まりは、去年の中学生キャンプである。
私たちは、マックレン先生の運転する自動車に便乗して、奥浜名湖へキャンプに出かけた。
九人乗りのマイクロバス二台を連ねて、高速道を快調に飛ばしていった。
運転手席の方からは、明るい調子の賛美歌が流れ、若者らは、曲に合わせて声高らかに歌
ったりした。

まさか このふわふわと飛んでいく
草の実のように 彼が 行き方知れずに
なそいようとは

車窓を流れすぎる山野は光り輝き、車中の若者も皆晴れやかに輝いていた。

あの時のキャンプで、信一は心を開いて語りあえる友だちを作った。

あれ以来、豊橋や豊川の連中と、電話や手紙の遣(や)り取(と)りもあったようだ。


夏休みに入った直後、信一はサッカーの練習中に足に大ケガをした。

アキレス腱切断寸前のケガをしては、サッカーどころではない。

ケガをした当初は、ゴロ寝の安逸(あんいつ)を楽しんだが、数日後からは、体をもてあまし始めた。

病院通いも長くなると、次第にいらいらが募(つの)ってきて、時間があり余っているにもかかわらず、夏休みの宿題すら手につかない状態になった。

部活と受験勉強を上手に使い分けて取り組んでいるであろう仲間のことを思うと、いてもたってもいられないような焦(あせ)りさえ感じるのである。

ある日、信一は高校合格達成まで電話もしないという約束を破って、豊川に電話を入れたのだが、明るい仲間の声を聞いているうちに、どうしても彼らに会いたくなったようだ。

勿論、豊川教会の牧師一家が、彼を受け入れ、保護してくださっていたのである。

さて、好男は真面目だが気が小さいところがあった。

三学期に入り高校受験の日が迫るに従って、次第に落ち着かなくなり、先だっての実力テストの時など、自分の前に配られたテスト用紙が白く霞んで見えたという。

しばらく目を閉じて心を落ち着けてから再び目を開くと、問題の活字が見えてきたが、今度は頭の中が真っ白になって、理解していたはずの問題も分からなくなるのだという。

好男の心細い話を聞いていた私は、彼が小学五年生の頃のある冬の出来事を思い出した。

雪の日であった。祐二が、好男の傘を自分のと勘違いして持ち帰った。

好男もまたそれと気づかずに祐二の傘を持ち帰ったが、彼は、家に着いてから気がつくと、すぐに折り返し雪道を歩いて祐二の傘を返しに来た。

私は早速、この次で良いから、好男君の傘を持って来てくれるように、祐二に電話連絡をした。

数日後、祐二が好男の傘を持って来てくれて、両方の傘を交換し、それぞれの持ち主のところに落ち着いたと思っていたら、好男は、また取り替えたばかりの自分の傘を持って引き返してきた。

「この傘、ボクのんと違うみたい。この傘、柄も布の色も先っちょのところもボクのんと一緒ながやけんど……。あのなぁ、この先の、ホラ、ここのところに錆がついとるやろッ、ボクんのは全然錆なんかついとらんかった……」

よくよく見ると、なるほど傘の先の金具のところに一ミリか二ミリくらいの錆がついていた。

数日間、濡れたままで祐二の家の傘立てに入っているうちに、錆が付いたに違いない。この赤錆をサンドペーパーで擦り落として、間違いなく彼の傘であることを好男に納得させるのに、いささかの時間を要したのであった。

それからは、「なあ、好男。少々のことは気にしない。男はやがて社会の荒波に出ていかんならん。太か男にならんなん、やっていかれんがいよッ」

などと、時にふれて男っぽい言葉をかけることになった。

そんな言葉が思わず口から出た後、私はこれは一体何弁だろう、九州弁のような伏木弁のような変な言葉だと自分でも可笑しくなる。

男か女か分からないQ言葉が、いつの間にか錆ついてしまうようである。

いよいよ県立高校の受験日が明日に迫った。

好男は、ことここに至っては神頼みでもする以外にないと思ったらしい。

好男は伏木神社に出かけて行った。

ところが、彼は神社の石段の下まで行くと、いきなり自転車をUターンさせて逆戻りした。

赤坂通りまで戻ると、そこから一気に学研教室に向けて走った。

自分の通っている学研教室がキリスト教会であり、教会の先生は祈る人だということを思い出したのだ。

ちょうど私は子どもたちのために祈っているところであった。

そこへ好男は、飛び込んで来たのである。

「センセ、ボクのためにも祈ってテッ」

好男は、ハアハア肩で息をしながら言った。

県立高校合格発表がテレビで放映された日の翌日、好男の母親が訪ねて来た。

テレビ報道の合格者名の中に、私は好男の名を見出してはいなかった。

だから好男のお母さんに何と声をかけたら良いのだろう……と、戸惑いを覚えながら応対に出たのだが、むしろ彼の母親は嬉しそうに話し出した。

「好男は、未熟児で生まれましたので、私どもはあれを真綿で包むように大事に育てました。そのせいかあの通りの気の弱い子に育ちまして……、先生にもいろいろご心配をお掛けしましたが、それですから、うちの子は受験に失敗したら気を落として自殺でもしかねないと、主人も私も実は心配しました。

ところが、好男は、私どもにこう言ったんです。『県立高校合格出来なくてごめん。私立高校でお金かかるけど、ボクそこで真面目にがんばるから……』と言うんです。好男が落ち着いていて、逆に親のことを気遣ってくれるんです。

昨夜は、あの気の弱かった子がいつの間にかしっかりしたなぁって、主人と話し合って、私は本当に感謝しました」

好男のお母さんは、心から礼を述べられるのであった。

数日後、好男の上に奇跡は起こった。

私は、窓辺で聖書を読んでいたが、ふと目を上げて見ると、地続きの隣の塀の上で、ピンク色の乙女椿の花がいくつも咲き始めていた。

電話のベルが鳴ったので電話に出ると、それは好男からであった。

「センセ、今さっき、中学校の先生から連絡があったんやけんど、ボクが受験したF高校に欠員が一人出来て、ボクが補欠で入れるようになったって……」

「それからF高校では、明日、ボク一人のために入学説明会をしてくれるんだって。明日になったら私立高校の入学金納める予定やったし、私立のお金納める前でちょうど良かった」

電話口から聞こえてくる好男の声が弾んでいた。

パーッと光が差したような気がした。

柔らかい春の光の中で、乙女椿の花はさらに多く開花することだろう。

四

平成十三年三月十八日（日）礼拝の時、男先生はヨハネの福音書を通してメッセージを語っていた。そのメッセージの中で、今春大学に、あるいは高校に、みごと合格した三人の子どもたちを例に挙げて話していた。

私はメッセージを聞きながら、彼らにかかわる様々なことを思い出して胸が熱くなった。

あなたがたは心を騒がしてはなりません。神を信じ、また私を信じなさい。

（ヨハネの福音書十四章一節）

この三人の子どもは、三人とも赤ん坊の時に私がこの腕に抱いた子である。

今日に至るその成長過程には、三人三様、いろんなことがあった。彼らのために、ことに当たって祈る時、私自身がこのヨハネの言葉によって、何度も励まされてきたのである。

私は、あなたがたに平安を残します。私は、あなたがたに私の平安を与えます。私があなたがたに与えるのは、世が与えるのとは違います。あなたがたは心を騒がしてはなりません。恐れてはなりません。

（ヨハネの福音書十四章二十七節）

牧師がメッセージの最後に引用した言葉は、特に私の実体験である。

私がこれらのことをあなたがたに話したのは、あなたがたが私にあって平安を持つためです。あなたがたは、世にあっては艱難（かんなん）があります。しかし、勇敢でありなさい。私はすでに世に勝ったのです。（ヨハネの福音書十六章三十三節）

ある日、マコちゃんと私は、裏庭で蝶を追っていた。

木の根方の草々の上を紋白蝶や、シジミ蝶がいっぱい飛んでいる。

中でもアカシジミやミドリシジミは、動く小さな草花のようで愛らしい。

マコちゃんは、この教会の裏庭がお気に入りである。

三角の小さな庭を縁取るように小川が流れていて、小川の向こうは、氷見線の電車の線路で、駅のプラットホームはすぐそこだ。

プラットホームの上やその周辺一帯には、駅員さんや近所の人々の手によって育てられた花が溢れている。

だから、お天気の日には花の蜜を求めていろんな蝶がやって来る。

蝶だけではない。イトトンボのような小さなトンボやオニヤンマみたいな大きなトンボだってやって来るのだ。

マコちゃんは両手を広げて蝶を追っている。けれども蝶は、なかなか捕まらない。蝶はマコちゃんの目の前まで来たと思う間にヒラヒラと逃げていく。

「マコちゃん、お花さんのようにじっと待ってたら、蝶々はマコちゃんとこに来てくれるかもしれないよ」

マコちゃんと私は、こうしてしばしば草々の間にしゃがみ込んで草になった。

指を立てて息を殺して待っていると、ある時、大きなトンボがマコちゃんの小さな指に止まった。指先が少し痛かったかもしれない。けれどもマコちゃんは息を止めたまま指先のトンボを見つめていた。

また、この庭では見つけようと思えば、ナナホシテントウだって見つけられる。

掌で遊ぶと小さな黒いマリになる面白い虫もいた。

庭で遊んだ後は、部屋に入って、部屋中いっぱいに広げた大きな新聞紙や包装紙に絵を描いた。

赤や黄色の花の絵を描いたり、電車の絵を描いたり、蝶の絵を描いたりする。

ある時、マコちゃんは、みどりのクレヨンで大きな丸を二つ描いた。

「これなーに?」って聞くと、トンボのお目々だと言った。

さては指に止まった大きなトンボを見ているうちに、マコちゃんがトンボの目の中に入ってしまったに違いない。

それから私は、習い覚えたばかりのリトミックと言えるほどのものではないが、音感による想像力をつけるために、エレクトーンでいろんな擬音を出す。

「マコちゃん、これは何の足音だッ」

握りこぶしで楽器のケンをゆっくりたたくと、「ハイ、出来ました。これはゾウさんの足音でした」

また指先でチョコチョコ押すと、「ハイ、上手に出来ました。これは小鳥さんの足音でした」マコちゃんは、よく聞いて上手に当てる。

「おやつの前には、お手々をきれいに洗って、それから神様にお祈りしようね」

このようにして、妹の美穂が生まれて間もなく、誠は教会に来て、毎日のように私と遊んだ。彼が二歳半から三歳くらいの頃のことである。

「ねえセンセ、うちの誠変わってるって、保育園の先生に言われちゃった。お宅のお子さんは何時間でもチューリップの前に座ってるって……」

「どうしてそれがおかしいかなぁ、マコちゃんはチューリップの面白いとこを発見したんでしょうが……」

何かに集中するとそのことに気を取られて、誠には先生のおっしゃることがすぐに飲み込めないことなどあるらしい。

すぐに動作に移れない時のあるマコちゃんは、運動能力が劣る子だというレッテルが貼られそうである。母親は、誠の保育園時代、何かと子育てに自信をなくしそうになり、落ち込むことがあった。

しかし、彼は小学生になると、トンボとその幼虫ヤゴの飼育観察で頭角を現し始めた。

そして中学生になると、夏休みに氷見の植物園に出かけて、子どもたちにヤゴやトンボのお話をしてあげるようになった。

それは、ヤゴの観察記録を発表したのが認められて、高峰譲吉賞を頂いたりしたことがあって、植物園の園長さんに頼まれることになったらしい。

誠は、妹の美穂を助手にして大任を果たしたのである。


三月の終わり頃の土曜日、福岡町の農業改善センターで、子ども大会をやった。講師は渋沢清子先生で、私の神学校時代の同級生である。

彼女は、人形を自在に操りながら腹話術を使い、子どもたちを話の中に引き込んでいった。

このように彼女は、その特技と機動力を活かして各方面で活躍しているのだ。

その晩、私は早速彼女の機動力を利用させて頂くことにした。

「折角だから、この間から入院している方のために、病院に一緒に行って祈ってくださらないかしら?」

先日来、誠兄妹の母親が肝炎のために入院していたのである。

さすが我が同級生である。遠距離をドライブして来てご奉仕した直後、疲れていただろうけれど、清子先生は快く私の要請に応じて、K病院を目指して車を走らせ始めた。

「あなた、病院の場所分かってるの？」

「もちろん、このところ毎晩のようにタクシーで行ってるんだから……」

と、この道だあの道だと、高岡市街をぐるぐる回っているうちに、私は今自分たちがどこにいるのかさえ分からなくなってしまった。

今更になって、何回も車で病院に行ってはいるが、塾が終わってからタクシーで病院に向かう途中、いつの間にか居眠っていたのだということに気がついた。途中から病院の位置が分からなくなるのも無理はない。

とある街角の店に入って聞いてみると、自分たちはとんでもない方向にいるらしい。店の人は、病院の場所をどのように説明していいかと困惑しているのである。

「トモエさん、車に戻りましょう」

車に戻った清子さんは、ハム仲間に呼びかけた。

「こちらはＪＦ７ＰＸＵ、ＪＦ７ＰＸＵ、どなたか応答願います」

近くにいたハム仲間からすぐに応答があった。

「エーと、私たちのいるところからは○○の看板が見えます。ハイそうです。陸橋のすぐ近くにいます」

「ハイ分かりました。そちらへすぐに参ります」

ハム仲間同士の息の合った遣り取りを、私は感心して聞いていた。

それから間もなく駆けつけてきた白い乗用車によって、無事、私たちの車はK病院の玄関口に誘導されて辿り着くことが出来たのであった。

とにかく病人にとって、二人の伝道者の熱い祈りは励ましになったと思う。


母親が重い病気で死の陰の谷を通り、そしてそこから這い上がったのは、美穂が小学三年の終わりから四年の初め頃のことであったが、美穂もまた中学二年の半ばに、喘息（ぜんそく）で入院することになった。

この入院治療のために、美穂は学校を長く休まなければならなかった。だから勉強の遅れを気に病むこともあったのではなかったか。

「世にあっては艱難（かんなん）があります」の言葉通り、一家にとって今日までいろんなことがあったし、今後も困難は起こることだろうが、今春、遂に一つの勝利を勝ち取ることが出来たのである。

誠は東京大学の理科に、美穂は高岡高校の理数科に合格した。

さて、ここに九年前のクリスマスの写真がある。子供たちの明るい笑顔と、親たちの幸せそうな顔、顔、顔が写っている。

その中の一枚には、プレゼントを両手にして喜び一杯の顔をした小学一年生の純子がいる。

ページェントの最中、純子が持っていた歌詞カードにローソクの火がついて、慌てて火をもみ消したことがあった。

純子は、前に出て歌う時に、カードに火がつくのも分からないくらい緊張していたが、最後に大きなプレゼントが当たると、嬉しくてたまらない様子をした。

今年になって、高校受験の日が迫るにつれ、私は、あの時のあどけない笑顔が思い出されて仕方なかった。

純子は小さい時から絵を描くのが好きで、小学校時代はずっと、近くの錬成館に通って絵を習っていたし、中学校に入ってからも美術部でがんばっていた。

だから、まず工芸高校のデザイン科に推薦入学を希望して、中学校の推薦の許可を得た。

しかし蓋を開けてみると、志望者が多く、四倍近い競争倍率であった。

どちらかと言えば、人を押し退けるよりも譲ってしまう方である。

推薦で受かれば良し、失敗した時にすぐ立ち直る精神力を持っていて欲しい。

もしものことがあってもすぐ立ち直って勉強に取り組むように、心の準備も必要だし、かと言って、それを強調すると推薦の試験に望む自信を無くしてもいけないし、などと思うと胃がキリキリした。

そんな時、純子が学研教室と並行してずっと日曜学校にも来ていたから、彼女も祈ることを知っているという点において、心強いものがあった。


推薦の試験の当日は、雪の降る寒い朝にもかかわらず、この錦町一帯だけが停電するというハプニングまで起こった。

暖房が効かないから体を温めることも出来ないまま、震えながら純子は試験会場に出掛けねばならなかった。

こんなハプニングを乗り越えて受けた試験であったが、この試験では彼女は、涙を呑むことになってしまった。

けれども立ち直りは早く、

「受け持ちの先生は、一般の試験の倍率は推薦の試験の時の倍率より高くなるかも知れないと言われたけど、純子、がんばってみる」

と、次の日から彼女は勉強に闘志を燃やして取り組み始めた。

「ね、あっちゃん、あなた覚えてる？　あなたたちが小学生の時、水源地で日曜学校と土曜学校の子どもたちで運動会をしたの……」

純子の母親に私は話しかけた。

「ええ、覚えてるわ、あの時みんなで撮った写真、今でも持ってます」

「六十人くらいいたかしら、あの頃は子どもたちいっぱい来ていて、楽しかったわねえ」

「教会学校の旗作ったり、鉢巻もして本格的にやったたっけ……」

母親と私の思い出話を、純子はにこにこ聞いている。

「今日は先生と純子の誕生日だから……」

と言って、日曜の午後もがんばって勉強している私たちのところに、純子の母は、筍ご飯とケーキを持ってきてくれたのだった。

「先生と純子、誕生日も血液型も一緒なんだね」と、ずっと以前、それに気がついた時、純子が嬉しそうに言ったものだ。

県立高校の合格発表の日、まず初めに美穂合格の電話が入り、続いて純子合格の電話が入った。他の子どもは、直接訪ねて来て、その喜びの報告をしてくれたのである。

五

人間は弱い者で、食事と睡眠を制限されて、一つの思想を繰り返し吹き込まれると、簡単にその思想に洗脳されるものらしい。

地元の高校を卒業したAは、大阪の某大学に入学直後、当時、強力に若者たちを洗脳して行った某宗教団体にとりこまれてしまい、そのために彼の家族は言うに及ばず、親戚知人の者と私は、一年余りの間、彼を取り戻すための苦しい戦いを強いられたのだった。

戦時中の小学生が、「わが国の戦いは、聖戦であり、神国である日本は必ず勝利するのだ」と、教え込まれて信じたのも、食糧難の中で、来る日も来る日も、教育された結果だったことを思い起こす時、いつの時代にも、純真な若者の心をあらぬ方向に向けさせ洗脳される危険性が、起こり得ると思わねばならない。

Aは、どちらかと言えばおっとりしていて比較的真面目な方である。

彼は声楽の才能に恵まれていて、小学校上級の時には、コーラス隊に選ばれ、代表校の一員としてテレビ出演もした。

中学三年生の学校祭のとき、クラス対抗でやるコーラスの中で、彼は独唱することになった。

「センセ、絶対観に来てェ」

と彼は私に何回も言った。

しかし私はこのところ、小学校の学校祭にも中学校の学校祭にも顔を出したことがない。行けば、顔見知りの一人や二人に必ず出会うことになる。そうすると四角ばった挨拶もしなければならない。はなはだ面倒である。

気は進まないのだが、何度も「センセ、来てくれるがやろっ」と念を押されては、致し方なしと、彼が出る時間帯に行って、少しだけ観て帰ることにした。

会場の入り口近くの廊下に来た時、彼らもこれから楽屋入りするところらしく、廊下いっぱいに制服が溢れていた。

この学生服の群れの中に彼もいるのでは、と思って見回していると、彼の方が先に気がついて、

「センセ、来てくれたがぁ……」と嬉しそうに声を掛けてきた。

「スポットライトの側に立って観とってえ。そしたら、ボクも舞台から先生のおるところすぐ分かるから……」

本当に彼の歌声は、声量が豊かで力強く素晴らしかった。

彼が取り込まれた宗教団体について何の知識もなかった私たちだったが、この問題が起こる十日ほど前に、偶然、身近な若者をこの組織に取り込まれた経験者の話を聞く機会があったことは、彼にとっても彼の家族にとっても幸運であったと言わざるを得ない。

洗脳されて両親さえが困惑するくらい人格の変貌を遂げた若者を、その洗脳から解放して正常な親子関係を取り戻すためには、一般常識から懸け離れた組織の思想形態を見極め、その特異性を承知の上で取り組む必要があった。

一般常識に従い地域の有力者や政治家に頼み込んだりして、摑みどころのない息子娘を取り戻そうと、力を尽くして奔走しても何一つ目鼻もつかないままで十年近くも空回りしたという話も聞いたのである。

そのような状況下で、その方面の知識に疎い私たちが、経験者からその道に詳しい方を紹介されて、いち早く的確な行動に移すことが出来たことは感謝すべきことであった。

この時、力になって下さった村上牧師は、当時多くの若者の救出活動をしておられ、活動の一つの働きとして各所でも講演もしておられた。

先生は、その講演の中で、

「いったん姿を消した相手を探し出して接触することも難しいが、接触に成功しても、その心を開き、聞く耳を持たせる事はもっと難しい」という話をしておられるが、一年間の私たちの取り組みの中で、その困難さをしばしば実感するところとなった。

村上先生が、その講演の中で強調して言われたのは、

「何よりもまず、救出しようとする親族の命がけの愛が先行しなければならない。激流に転落して押し流されている者に向かって、土手の上から何だかだと泳ぎ方の指導をしても何の意味も効力もない。同じ川に命がけで飛び込んで抱き上げてやらなければならないのです」

ということであった。

「神の国」を著したアウグスティヌスが、青年期にローマの都で堕落した生活をしていた時、彼の母モニカは、涙の祈りを続けたという。その時、祭司がモニカを励まして、「涙の子は決して滅びない」と言ったということだが、彼の母と私も故事に倣(なら)って、毎日のように午後の一と時を彼を取り戻すための祈りに充てることとした。

問題が発覚してから七カ月目に彼と接触するチャンスが与えられた。

アメリカ行きのパスポートを入手するために家に帰って来たのである。

彼が家に帰ってきた三月三日から四月の二十日過ぎまでの取り組みの期間を、我々は、ま

どろっこしいようではあるが、決して北風の厳しさは用いなかった。

村上先生の言われるとおり、暖かい愛をもって事にあたるというのは、そんなに簡単なことではない。良くなることを信じつづけ、忍耐に忍耐を重ねて、希望を捨てずに待ち続けなければならない。

彼を深く愛している母も、父も、

「どうして心を割って以前のように話が出来ないのか、どうしてたったの一年半の間のことでこうなるのか」

と何度取り組み中に呻いたことだろう。


村上牧師の説得努力が十数回に及んだ頃、ようやく本人が、彼自身の心と頭でものを思いものを考え始めた模様である。

一つの偏った思想に洗脳された者は、自分で物事を分析して考えることが出来なくなり、その特殊な思想の考え方にはまった考えしか出来なくなるようである。

氷のように凝り固まった思想を溶きほぐすには、太陽の光と熱の暖かさを必要としたが、ついに説得期間の六十日目になって、以前のような親子の心が通い合う日を迎えることが出来たのであった。

毎年、四月の半ば過ぎに、農協で春の草花が売り出される。

私はこの日が楽しみで、農協の前の広場いっぱいの花々を見ると、確実に春を掴み取った気がするのだ。

この年は、四月二十二日（月）に花市が立った。

私は、赤と白のベコニヤとピンクと白の桜草を買って来ると、早速表の花壇にベコニヤを植え、ベコニヤの縁飾りのような感じに桜草を配した。

こうして我が家の庭に春の花がやって来た日、Aの回復のニュースがもたらされた。彼の父が、何年ぶりかで息子とデパートで買い物をした話を、嬉しそうにするのである。

親子が肩を並べて歩いた。そんな何でもないことが、こんなに嬉しいことであり、感謝なことであることを知ったというのだ。

拘束の館

一

分水嶺

奥飛騨は　みどりしたたり、
天の雨が　近いこと、
天の声が　近いこと、
すべて、こころ静かであること、
すべて、こころ直（なお）きこと、
風と流れと鳥の声が、語りかける。

ここに、天の水を分ける嶺があって、

神通となり　木曾となる

ある日、
神通は　鉱毒を流し、
木曾は　鵜飼いの火を揺らめかすという。
神通と木曾に分かれた水、
その最初の滴(しずく)は、
やはり、清い天からの水であったに違いない。

ある夏の終わり頃、息子を訪ねて行った時のこと。私は、高山線の飛騨号から外の景色を眺めながら、高山で逆になる二つの川の運命について考えさせられた。

ほんのささいなきっかけで、人は良くもなり悪くもなる。

一つの出会いによって、それは人との出会いであるかも知れないし、自然との出会いか、またある物との出会いかも知れないが、その出会いによって、その人の人生が大きく変わることがある。

人生は川の流れのように、ある時は穏やかに流れ、ある時は、激流となる。

穏やかに流れて、夢見るような楽しい日々が訪れることもあり、また害毒に汚染されることもある。

川が、望むと望まないにかかわらず、川は、害を一方的に受けることがある。

肉眼で認めることが出来ないほど小さなものにすら、人間は簡単に攻撃される弱いものであることを、私は、Aの問題が解決したわずか半月後に、身をもって体験することになった。

即ち、風邪のウイルスという微生物の攻撃を受けて、五月十一日にS病院に、次いで五月二十三日にはT病院に入院することになったのである。

この章は、前章に続く、T病院入院中の記録である。


娘に付き添われて、病院差し回しの車でS病院を出発し、T病院に着いたのは午前十時頃だった。

「どうだ、大丈夫か?」

昨夜東京から帰って来ていた夫が先に来ていて、T病院の玄関で私を迎えてくれた。

「とにかく手続きして来る間、ここで休んでいなさい」

言われるまでもなく、私は立っていることが出来ないほど疲れていた。

夫は、二、三日見ない間にさらに体力を失っている私を見て驚いたようだ。

娘が車椅子を持って来た。

「今度入院する病棟は遠いようだから、お母さん歩くの大変だし、車椅子で行きましょうね」

「ええ、じゃあ乗せてちょうだい」

車椅子に乗るにも、人手を要するほど私の体力は減退してしまったが、昨日まで混乱しかけた脳は、落ち着きを取り戻しているようである。

他の人の語りかけに対して、今はもう悩まないし、初期に起こったような頭の上を新幹線の列車が駆け抜けるような感じもない。

喉の注射を止めてから、三日が過ぎ、四日目に入っていた。


娘の押す車椅子は、本館を出て木造の別棟に入って行く。

それから更に長い渡り廊下を通って、白いペンキを塗ったガラス戸の中に入っていった。

ここがT病院の第三病棟である。

そして最初に入った部屋は神経科の診療室であった。

非常に疲れている。医師の問診を受ける間、椅子に腰掛けているのも辛くて、私は、自分の前の机に思わず肘(ひじ)をついてしまった。

「入院したいですか?」

夫と話していた医師が、私の意思を確かめるように聞いた。

「はい、是非入れて下さい。私早く横になりたいんです」

とにかく一刻も早く休みたかった。

私は、医師が示したたぶん入院同意書と思われる書類にサインした。


神学生時代、私は病院伝道部の一員として、埼玉県の神経科病院を訪ねたことがある。

あの川越の病院は、病棟の出入り口に、まるで江戸時代の牢屋のように太い角材で組まれた格子戸(こうしど)がはめ込まれていた。そして人の出入りのたびごとに、格子戸に取り付けられた大きな鉄の錠前がガチャリと鳴った。

あの病院の印象よりも、ここははるかに開放的である。

それに……と、私は思った。

神経科病棟を、外からではなくその中に入って見られるなんて、得難い体験であるに違いない。

しかし夫や娘にとって、この入院はショックだったようだ。

「お母さんをこんな病棟に入れるのかと思うと悲しくなって……。ほら、身の回りの品物全部に名前書かんならんやろ、私、マジックでスリッパや洗面器に名前を書き入れている時も、涙が出て止まらんかった。

そしたら、最初に入ったお部屋のあの色白のきれいな人、ああそうそう良子さんと言ったかしら……、私に、心配しなくても良いですよ、お母さんはすぐ良くなりますって、声をかけてくれたの。あの時は、心細かったから本当に嬉しかった。

それに看護婦さんも、私泣いてるもんやから、お母さんはお薬の副作用で入院するんだから、すぐ良くなりますよと言って、一生懸命慰めてくださった」

娘は後になってこんなことを言っていたが、看護婦さんや心優しい弱い人から慰められたにもかかわらず、その夜、弟に「こんなところに、お母さんを入れておきたくないから、早く迎えに来てやってっ」と電話をしていたらしい。


一方、私はと言えば、実はこの夜、S病院であれほど不眠で苦しんだのに、このT病院の第三病棟では、ぐっすり眠ることが出来た。

最初の夜、私のところに見舞い客があったのだが、目を開けることも、ましてや振り向いて挨拶することも出来ないくらい、まるで泥沼に沈み込んだみたいに眠りほうけていた。

申し訳ないことにこの夜の客は、福島の遠方から来られたというのに、カステラの一箱を枕元に置いて立ち去らねばならなかった。

こうして、この拘束の館における私の長閑な生活が始まったのである。

五月二十四日（金）。昨夜は、周りを観察するゆとりもないほど疲れていたが、二〇三号室で、私は快い目覚めの朝を迎えた。

「おはようございます。よく眠れましたか？」

鼻にかかったトーンの高い声をかけてきたのは、色白の若い人だった。

もう一人の若い人は、ほっそりとした色の浅黒い人で、この人は、立ったままボソボソと低い声で独り言を言っている。

もう一人、私より年配の小柄な人がいたが、この人は、いわゆる人の良い世話焼きおばさんである。新米を洗面所に案内してくれたり、いろいろと早速世話をしてくれる。どこにでもこういう便利な人はいるものらしい。

女子の病棟は、この二階と三階にあって、二階には洗面所側から二〇一、二〇二、二〇三、二〇五号の四つの部屋がある。そのうち、一と二の部屋が畳の部屋で、三と五の部屋にはそれぞれベッドが入っている。

二〇二号室の前には、廊下を隔ててナースセンターがある。

一般病棟のナースセンターの感じとは少し違う。どちらかと言えば、昔の小学校の宿直室と事務所を合わせたような感じのする部屋である。

小学校と言えば、一階と二階を結ぶ階段が昭和初期のような趣(おもむき)のある階段である。黒光りする木の幅広い手摺(てす)り、そのゆったりとした傾斜と踊り場の上の窓から差す微かな明かり、この辺のしっとりとした雰囲気は、たちまち昔に引き戻された感がある。

そうだ、やはりこの病棟は、以前は小学校かなんかだったに違いない。

一階の多目的ホールは、これはもう小さな村の小学校の講堂である。


さて私は、朝の間に本館にレントゲン写真を撮りに行くことになった。

白いガラス戸の外に、車椅子の私を看護婦さんは押し出してくれた。

それから病棟の出口まで、曲がりくねった長い廊下を渡っていく。この渡り廊下の少々薄暗くてトンネルを抜けて行くような感じと、あの鍵の掛かる白い戸が、娘や夫に特殊な感じを与えたに違いない。

でも私の体の調子は、この自分が誰よりもよく分かる。私は急速に快方に向かいつつある。

本館の耳鼻科に通うのに、車椅子を使用するのは、この日が最初で最後になるはずである。


五月二十六日（日）。ここで迎える最初の聖日である。

今頃、教会では賛美し祈っていることだろう。そう思って、壁に向かって無言の祈りを捧げていると、背後で突然大きな声がした。色白の良子さんが、なにやら政治論評めいた演説をやりだしたのだ。

びっくりして振り向くと、その美人代議士は、可愛らしい子どものような顔つきをして、私の方に擦り寄ってきて言った。

「カステラを頂けないでしょうか?」「ええ、どうぞ」と頷くと、彼女はカステラを手で千切り取った。この部屋には、ナイフはないのである。刃物類は、いっさい看護人室で保管されているのだ。

独り言を言いながら部屋を出たり入ったりしていた民子さんも、すかさず、「私にも下さい」と手を出した。大きな子どものような人たちである。

午後、夫と息子が来てくれた。

五月の連休は、息子は会社が忙しくて帰ることが出来ないと言っていたが、病気になったおかげで、息子にこれで三回も会うことができた。

私たちは、一階の面会室で、親子水入らず、時間を気にすることなく、語りあうことが許された。それは多分、入院患者の実数の割には、面会者が少ないということなのかも知れない。面会室は、診察室の隣にあって、こぢんまりとした南向きの応接室風の部屋であり、この病棟の中では、一番上等の部類に属する部屋である。

夫は私の病床を訪れるたびに、上等のフルーツを買って来るし、今日また息子はフルーツゼリーをいっぱい持って来た。

私は美しくて美味しいフルーツが好きだけれど、結婚以来、こんな贅沢を味わったことはない。しかも、もっぱらメイド役に徹していた私は、今や上げ膳据え膳の女王様である。

しかし女王ならば、衆目の中にあって、本当の自分の時間を持ち得ることは殆(ほとん)どないだろうが、私は、先日までの分刻みの生活からも解放されたのである。

だから私は、この束(つか)の間(ま)の自由を大いに楽しむべし。

この日の夕方、今一人の見舞い客を迎えた。

白髪のマックレン先生が、真っ赤なバラの花をいっぱい持って来てくださったのだ。

マックレン先生も以前、過労から長い間不眠に悩まされて、病院を訪ねられたことがあった。その時、神経科に入院を勧められたそうだが、先生は自分は神経の病気ではないのだからと言って入院をお断りになったという。その話を聞いた時、私だったら入るのになと、ふと思ったことがあったっけ。やっぱり私は好奇心が強いのかなあ……。

「何か不自由なことはありませんか？」

優しい笑顔が私を見下ろしている。

この顔に向かってなら、何でも言える気がする。

「別に何もありませんけれど……。あのう、大きい字の聖書が、あればいいんですけれど……」

「はい、分かりました。今ちょうど大きい字の聖書を持っています」

先生は、急いで表に引き返すと、車の中に置いてあった講壇用（説教の時などに使う）の特大の聖書を持って来てくださった。

まさか、講壇用の大事な聖書を貸して頂けるとは……。私は、表紙の黒い大きな新約聖書を胸にしっかりと抱きしめた。

花瓶と一緒に持って来て下さったバラの花は、部屋のテーブルに飾った。花にはカードが添えられていた。彼の教会員の寄せ書きである。寄せ書きには、聖書の言葉が溢れていた。

見えるようになれ。あなたの信仰があなたを治したのです。

（ルカによる福音書十八章四十二節）

神のわざが、この人に現れるためです。

（ヨハネによる福音書第九章三節）

キリストは、私たちのために、ご自分のいのちをお捨てになりました。

それによって私たちに愛がわかったのです。

（ヨハネ第一の手紙三章十六節）

ヨハネ第一の手紙三章十六節は、私の一番好きな言葉である。

「まあ、きれい……」花は、同室の人をも喜ばせた。

窓枠とポールで区切られた四角い空ではあるが、奥行きが深くて想像力をかき立てるに充分な空がここにもあった。

美しい夕日である。

空は、朱色に金粉を振りまいて輝いている。

黒い小鳥が群れをなして飛んで行った。

ポールをはめ込んだ窓にもたれて、空を仰（あお）ぐ私の魂は、今、鳥のように自由である。

二

赤ん坊の成長は早い。今日、這い這いしていた児が、明日は立ち、そして一、二歩、歩いたかと思うと、次の日には走っていく。

そんなに早い児の成長を追っかけながら、親は欲深くも、他と比較してその成長を遅いと感じたり、昨日おむつをしないで済んだのに、今日は失敗をしたと嘆く。赤ん坊は、今日一日後退しても、明日には一歩も二歩も前進する。こうして成人した大人は、多くの障害に出くわしては、何と後退を数多く繰り返すことだろう。けれども、これだけは言える。

人は、その時、前進か後退かは知らないが、とにかく変化していくものだということである。

この拘束の館は、どうやら世渡りの下手な傷つきやすい人が、その傷めた羽を休める所のようである。

五月二十七日（月）。午前中に入浴。病気になって初めての入浴である。

浴場は、廊下をはさんで診察室と面会室の向かい側にあった。

浴場の中は、七畳くらいの脱衣場と十五畳ほどの浴室に分かれていて、廊下の反対側、すなわち庭の方にそれぞれ大きなガラス窓がついていて非常に明るい。

脱衣場の壁際には、町の銭湯と同じような籠を置く棚が取り付けられている。

その棚の前では、白衣の看護婦さんが二人、汗だくになりながら体の不自由な患者の世話をしていた。ガラス戸越しに中を見ると、大小二つある湯船の間で、ブルーの上着を着けた看護婦さんが一人、こちらはもっと汗だくで患者の世話を焼いている。

ブルーの看護婦は、体の不自由な人のために湯を汲んでやったり、洗髪の助けをしたりで、まさに湯煙の中で湯玉を浴びながら大奮戦である。

五月二十八日（火）。大勢の人と入浴出来るまでになったのだから、体力は随分と回復してきた。しかし、最初の日に撮ったレントゲン写真に少し曇りがあったらしく、娘はそのことを心配していた。

そして今日、本館から呼び出しがあって、再度外科で胸部のレントゲン撮影をしてもらった。

二十代の前半、私は病院伝道部員として、東京都内または埼玉県の十数か所の、主に結核病棟を聖書を片手に歩き回っていたのだから、いくらか曇ってるくらいは当然かも知れない。

しかしあれから幾十年、健康が保たれてきたのだから、かつて結核菌に冒されたことがあったとしても、もうとっくに病巣は固まっているはずである。

やはり検査結果は、この程度ならば心配ないということであった。

昨日は病院の垢を落とし、今日はまた本館に行ったおかげで、ちょっとはましな外出着を着ていて本当に良かった。

私が一番薬の副作用で苦しんでいた時、何故だかしきりに会いたいと思った人が、面会に来てくださったのだ。

白い戸の向こうから小泉夫人が入ってこられた時、私は夢ではないかと思った。小泉さんは、お隣のＳ運輸ＫＫの社長夫人である。

こんな所まで来てくださるなんて……、私が気を遣わないように、小泉夫人は何でもないことのように言われる。

「うちの社員も、風邪のウイルスにやられて神経科にお世話になったことがあるのよ。でもお元気そうで良かった」

小泉さんのくださった大きな花束は、私たちの病室に豪華な雰囲気を与えた。

花に囲まれた二〇二号室の茶話会には、大らかなみんなの笑い声が溢れた。

五月二十九日（水）。今日から、一階のホールで皆さんと一緒に食事をとることになった。

ホールの北側は、花壇の見える窓が並んでいて、窓の傍らには、小さな手洗い場（と、言おうか、あるいは単なる水飲み場かも知れない）が付いている。

そして正面の左寄りの所には演壇のような壇があり、その壇には畳が敷いてあって、片隅にはいつでもお茶が飲めるように、お茶の道具が一式置かれていた。
ホールの南側は、お茶の道具が置いてある所から入り口まで、ガラス張りの戸が入ってい
て、その戸の向こう側は葡萄棚のあるベランダである。
一見、ここは明るい憩い場なのだが、やはりここも、ベランダの先には自由に出入りが出
来ないようになっていた。でもベランタの周囲に張り巡らされた金網の向こうには、よく整
地されたテニスコートが見えるのだから、時にはテニスに興じるチャンスも巡って来るに違
いない。
テニスが今はまだ無理だとしても、少しずつ体を動かす必要がありそうだ。
昼食後、ホールの真中に、卓球台が出された。看護婦も患者も、自由にラケットを握るこ
とが許されるらしい。同室の法子ちゃんと私は、早速向かい合ってラケットを握った。
午後、小一時間ほど、私は診察室で心理テストをやった。
およそ百枚くらいのカードに書かれた設問に対して、イエスとノーに分けて分類していく
のである。
小さい活字を根を詰めて読み取っていたので、少し疲れを感じたけれど、たとえわずかな
間でも独りになれたことが嬉しかった。

数日前から四人部屋の二〇三号室から二人部屋の二〇五号室に移っていた。二〇五号室の一人が退院したからである。新しく同室になった法子ちゃんは、十九歳の大柄な娘さんである。彼女は、会社でいじめに遭ってノイローゼになったらしい。この人は依頼心が強く、同室になった時から片時も私の側から離れようとしない。

たまたま本館の耳鼻科に呼び出されたり、この日のように心理テストのために個室を用意されてみて、あらためて独りになることの解放感を味わった。

五月三十日（木）。朝食のメニューは、パン、バナナ、チンゲン菜のいためものに牛乳。三度の食事は、本館から大きなケース付きのワゴン車で運ばれ、それを、白い戸のところで待ち受けていた男性の当番がホールに運び入れる。

楽しみの少ない病院生活なのだから、食事は大きな楽しみの一つだと思うのだが、名前を呼ばれて自分のお盆を受け取ると、何故だか分からないが、みんなまるで時間に追い立てられてでもいるかのような食べ方をする。

だから食べるペースの遅い私は、朝の朝食ですら食べ残すこととなった。

午前中に入浴と検温、午後は、気持ちの良い外気浴のチャンスが与えられた。

テニスコートからは、ポーンポーンという快音が聞こえて来た。

その軽やかな音に誘われて、私もテニスコートのある中庭に出る。

テニスコートは、みずみずしい芝草に囲まれており、その芝草の中には白ツメ草がいっぱい咲いていた。

法子ちゃんと青草の中にしゃがみ込んで、白い花を摘んだ。

看護婦さんが、水の入ったポリバケツを持って来てくださった。バケツいっぱいの白ツメ草で、後ほどゆっくりレイを作ろう。

さて、この庭の周囲には、まだ幼年の桜の木や、年輪を多く重ねた大きな松や杉の木もある。それから人の背丈より大きい紫陽花が、まだ固くて白い蕾をいっぱいつけていた。

木々に囲まれたグラウンドはまた、細い用水路にぐるっと縁取られている。

それは、清い水の流れである。流れにそっと笹の葉の小舟を浮かべてみる。

小舟は、勢いよく本館の方に向かって流れ出す。船足に合わせて、後を追って行くと、舟は途中で動きを止めてしまった。

舟の止まった所で、水は逆流し渦巻いている。
田溝に水を送るために、水門が一気に開かれたからだ。そして周囲の田は、次々に泥田から生き生きした青田に変わって行きつつあった。

五月三十一日（金）。今朝十時頃、第三病棟の大方の連中は、バーベキューパーティー大会に出かけた。そして私たち一部の者に、本館の売店への買い物を許された。

私は、久しぶりの、二〇二号室の中村さんと一緒に買い物に出かけることになった。中村さんにとっては初めての買い物である。例の白い戸を開けてもらうのを待つ間、三階の洋子さんは、戸口からホールの出入り口までの間を、首を振りながら行ったり来たりしている。

私が洋子さんの顔を覗き見ると、彼女は、はにかむようにニコッとした。

看護婦さんが、買い物の第一陣のグループが帰って来たのを見届けて戸を開ける。

「行ってまいりまーす」

待ちかねていた洋子さんを先頭に、私たち数人の者が廊下に吐き出された。

この出エジプトを導く道（モーセによる奴隷解放の道）は、例の曲がりくねった渡り廊下である。

いつもはトンネルのように暗いこの道も、今日は心なしか幾分明るい気がする。トンネルの出口でスリッパを靴に履き替えると、私たちは五月の明るい空の下に出た。香るような爽やかな風が私たちを包み、風は私たちを自由な世界に送り出してくれる。用水路の上の小さな石橋を渡ると、道路一つ隔ててそこは本館の裏口である。本館の裏口では、ちょうどシーツや枕カバーなどの洗濯物が運び出されるところだった。この本館裏の周辺一帯には、T病院の大所帯を支える裏方の苦労の汗が染みついている感じがする。

洗濯物が全部運び出されるのを待つ間、その分だけ多く明るい所にいたからか、裏口から本館の建物に入った時は、それこそ本物のトンネルに入ったようである。その暗い冷んやりした廊下で、まず最初に出くわしたのは、鼻に管を差し込まれた重症の患者が運ばれるところであった。

一瞬、その痛々しい患者に対して、私は後ろめたいような気持ちになった。そんな気持ちをトンネルの闇の中に振り落とすようにして、どんどん進んでいくと、やがて明るく穏やかな場所に出た。

売店で中村さんはバナナカステラを買い、私はメモ帳とアメ玉を買った。

「せっかくの外出だから、ゆっくりしていこう」

同じ気持ちの二人は、喫茶コーナーで休んでいくことにした。

私たちは、深々とソファーに腰掛けて休んだ。

目の前を行き来する人々、とりわけ小さい子供たちの愛らしさは私を楽しませた。さてそこに顔見知りの看護人が通りかかった。

「あッ、坊ちゃん先生だっ」

見知らぬ街角で、懐かしい先生に出会った学童の気持ちである。

中村さんは、私がとっさに付けた仇名が、よく当てはまっていると言って声を立てて笑った。


こうしたわずか数十分の外出で精気を養った目には、我らの寮の門前のみどりが新鮮に映った。

　田のみどり　眼にしみわたる　拘束の窓
紫陽花の　色はいかにと病棟の　つぼみの束に　こころときめき

ここ二、三日、少し調子に乗って、はしゃぎ過ぎたせいか、夜になって脚の太股のあたりが痛くなった。

看護婦さんにお願いして、シップ剤を貰って脚に貼った。

六月三日（月）。同室の法子ちゃんはメソメソしていて、ここ数日間というもの、私はいつの間にか個人教授なみの看護婦みたいになっている。

「私、じっとしてるのがつらいッ」と彼女が言えば、その手を取って一緒に足踏みしたり、「眠れないから歌ってください」と頼まれれば、賛美歌を歌ってあげた。

ベンダ先生がお見舞いに来てくださった時、この話をした。

「先生、サムエル記に書いてあることは本当なんですね。サウル王が悪霊に悩まされた時、その家来たちが少年ダビデを連れて来て琴を弾かせると、サウル王の気が静まったという話がありますでしょう。同じ部屋の法子ちゃんは、具合が悪い時に賛美歌を歌ってあげると、気分が良くなって落ち着くようなんです。でも、歌詞を覚えているのが少ないので、慈しみ深きの歌を、ほとんどの場合繰り返し歌っているんです」

勿論、ベンダ先生は、その次の日には法子ちゃんのためにと言って、「新生の歌」を届けてくださった。

法子ちゃんのお守りが、時には重荷に感じることもある。

そんな時には、中村さんのいる二〇二号室に、私は法子ちゃんをやり過ごして避難することにした。

すると今度は、彼女は、看護婦さんを捕まえてメソメソの捌け口にするのだ。

午後一時過ぎ頃、主治医の高田先生が、法子ちゃんと私を近くのチューリップ公園に誘ってくださった。先生は、私たちをご自分の車に乗せると、チューリップの季節を過ぎてみどりがより深くなった公園に案内してくださった。

私たちの他、ほとんど人影のない園内は、静かで広々としている。

「この木は、アメリカ原産の木だよ」

「これが、さるすべりだ。幹がすべすべしているだろう」

先生は植物にも詳しい。先生は、私たちに歩調を合わせてゆっくり歩きながら、木や花の名前を教えてくださる。

木々の間の小路はいつか池に辿り着き、私たちは池を巡る。

チューリップの最盛期には、彩り豊かなチューリップを配した小島が浮かんでいた。あの華やかだった池のたたずまいは、今はみどり一色に包まれて落ち着いた静かさである。

「ホラ、白いきれいな鯉がいただろう、あれは中国産の鯉なんだよ」

大きな鯉がゆったりと泳いでいる。

池の傍らの木立の中に、電話をイメージした遊具があった。

「この電話、本当に聞こえるのかなぁ」

「もしもし、聞こえますかぁ……」

「あまり良く聞こえませんが、でも少し聞こえます」

法子ちゃんと私は、子どものように遊んだ。

遊びに飽きてさらに行くと、木立ちの奥にレンガ造りの瀟洒(しょうしゃ)な喫茶店があった。

「ここで休んで行こう」

「え、いいんですか?」そう、私たちは子どもなんだから遠慮はしない。

店には、私たちのほかに客はいなかった。

森の中の小さな喫茶店には、レモンティが似合っている。

白い素敵なカップの縁に、丸扇型の黄色いレモンが飾られていた。

レモンの香りが、ややウエット気味の店内の空気と混ざり合って、私たちを優しく包んだ。

「もう、あなたはいつ退院しても良いですよ」

「………」

もしかしたら、先生は、私への退院祝いの意味も含めて、こんな素敵な時間を作ってくださったのかしら……?

「先生、私、退院したら家に帰らないでまっすぐ京都へ行きたいんです。京都には親友がいるんです。私たち十代からの友だちなんです。私が今一番休まる所は、その友だちのところなんです。

旧約聖書のサムエル記というところに、ダビデとヨナタンの物語が出てきますが、彼らの出会いと私たちの出会いとは、とても良く似てるんです。人間同士の出会いの中には、ダビデとヨナタンのような素晴らしい出会いがあります」

先生は、静かに頷きながら私の話を聞いてくださった。

その夜、昼間先生にお話したと同じようなことを、電話で娘にも話した。

ところが、娘にも理解されたと思ったこの私の希望は、夫には理解されなかったらしい。

「お母さんの言ってたこと、お父さんに話したら、お父さんショックだったみたいよ。お母さんが家に帰りたくないって取ったのかも知れない。

だけど、お父さんの気持ちも汲んであげてよ。お父さん、落ち着いているように見えて、実はすごく心配してたんだから……」

と娘は言う。

早速、高田先生は、

「昨晩は、サムエル記のダビデとヨナタンのところを読みました」と、私に温かい笑顔を向けてから、夫の説得にかかってくださった。

「最初の診察の時、ああ、これはステロイドによる後遺症だなと思いました。けれども今はもう、すっかり薬の影響も消えましたから、安心してください」

それから、先生の話はご自分の医学生時代の話に脱線した。

「私、学生時代に、先輩の先生から精神科を志すのだったら、具体的に一人の人物研究をやると良いと言われまして、自分は夏目漱石の研究をしました。

彼の脳は、並みの人より大きな脳でして、その作家活動の中で、神経が病んだことがあります。しかしその時、彼を診た精神科医は、治療を施さないのが、彼のための最善の治療だと判断したのでした。そして漱石はさらに立派な創作活動を成し遂げていくことが出来ました。

時には、医者は患者の意思や判断を重んじて、そっと見守ることも必要なのだということを、私はその時学びました」

こんな話をなさりながら、先生は夫にそれとなく私の気持ちを大切にしてやるようにという、先生のお考えを話し、納得させてくださった。

ステロイドって何だろう？　そして人間の脳は一体どのようになってるんだろう？

私は、夕食後果物ナイフを看護人室に返しに行った時、

「人間の脳について書かれた本があれば、読んでみたいんですけど……」

と、婦長さんに言ってみた。

「ええと、ここには専門の医学書しかないんですが、良かったらこれ私のんだけど、これを持って行ってお読みなさい」

前川婦長が、快く私の手に持たせてくださった本は、白い表紙のファイル状に印刷物が綴じ込みになった本である。

人間の神経細胞が集まって神経系の中心を成している、神経の総本部である脳、脳に関する詳細な説明が、その本には図解入りでされている。すなわち、大脳中枢の分布図があった。それからどの部分がどのような働きを司るのかを示す図もあった。

しかし、私が本当に知りたいと思っていることは、この図からは読み取ることは出来なかった。

ステロイドを神経ブロックに打ち込まれた時、私に起こったあの不思議な症状を科学的に説明し、解説するものを、脳に関する専門の医学書のどこからも発見することが出来ないのだ。

高校の時、科学の先生が鶏卵の図を示して、この黄身と白身だけの卵からヒヨコが誕生す

る。その命の神秘は科学をもってしても解明出来ないと言われたことが、今なお心に残っているのだが、あの時の妙に拘った気持ちと同じような感じが蘇ってきた。

そして不意に、S病院で点滴が苦痛になって、ちょっとの間、これを外してくれませんかと願った時に、ある看護婦が言った言葉を思い出した。

「それは取らなくていいんです。患者のことは、専門家の私たちが良く分かっているんですから」

本当にそうなんだろうか。どんなことでも専門に学べば学ぶほど、その先に不思議な世界が開けて来るものなのではないかしら?

同じ薬を同じような症状の人に使っても、結果が同じように出てくるとは限らない。人それぞれに微妙な違いがあるはずである。

同じ医学の分野でも、神経科はそのことを身近に感じることが多いに違いない。

だからこの病棟の医師も看護婦も、患者に決めつけるような言い方はしないのだ。

高田先生が「治療をしないのが、あなたの場合は最善の治療だと思います」と言われた言葉の意味は深い。

それから前川婦長は、「医学の専門書なんか、門外漢が読んで分かるはずがない」とは、おっしゃらなかった。分かるか分からないか、とにかく読んでみるように言ってくださった。

小柄な看護婦さんは、三階の○さんが、訳の分からないことをしゃがみ込んでクドクド言うのを、膝を床について彼女と同じ目線で聞いていた。

この医学書は、私にはよく理解出来なかったが、これを手渡してくれた人の暖かい心は、私にも受け止めることが出来た。

三

六月四日（火）。この日、退院許可が下りたのであるが、娘の仕事の都合で、退院は来週に持ち越されることになった。

ここでもうしばらくゆっくり出来そうである。私は絵を描くことにした。

朝から廊下の突き当たりの窓際に陣取って、窓から望み見る本館を写生することにした。

私の我がままな希望を看護婦さんは快く聞き入れて、早速画用紙から絵の具や絵筆の類い（たぐ）に至るまで一切の画材を揃えてくださった。

午前中に下書きをして、午後から水彩に入ったのだが、本館の建物に掲げられている病院名を書き込むのに極細の筆が欲しいと思った。

「もう少し細い筆があったらなぁ……」

自分の中途半端な絵を眺めながら、ため息をついた。

「あーら、上手に描けたわねえ、私が細い筆を探して来てあげましょう」

通りすがりに絵を覗きに来られた婦長さんは、一階の用具室に行って手頃な極細の筆を探して来て下さった。

ベージュ色の建物の上の方は、明るい光を受けて銀色に光っている。

そしてその上の空もその下の道も、手前に広がるみどりに囲まれたテニスコートも、どれもこれも皆光り輝いている。

この輝きをそのまま、描き出すことは出来そうにもないが、時間の枠から食(は)み出し得た私は、自分の心そのものが、光の色に染まるのを感じた。


この日、面会に来た夫は、ずしりと重い袋をさげてきた。

頼んでおいた服と靴の他に、数年前に出版した私の本が入っている。

「一昨日も、お前の本を持ってきて、看護婦さんたちに差し上げたんだが、これは部屋の人にでも上げなさい」

「いやぁ何、お前のことを病院の方々に良く理解して頂きたいと思ったからだ」

我が『地はかたちなく』は、十冊も入っていた。

六月五日（水）。今日も明るい朝を迎えた。

真野さんが、あざみの花を摘んで届けてくださった。花は朝露（つゆ）を含んで野の香りを辺りに振りまいている。

温室や花壇に咲く人手による花も美しいが、自然の野に咲く花は清々しく美しい。

「手に花のトゲ刺さらなかった？」

「大丈夫」

真野さんは手を振りながら笑った。

以前、前田さんと真野さん宅に遊びに行った時、彼女の家の座敷で寛（くつろ）いでいた私は、裏庭の続きに広がっている田んぼで遊んでいるキジの夫婦を見つけたことがあった。山鳥がすぐ近くまでやって来る、長閑（のどか）な所である。

あの長閑な田園風景の中で咲いている花、キジの夫婦やその子供たちが遊ぶ田の畔（あぜ）で咲いている花を想像した。

今日は、この野の花を描こう。そう思って筆をとったが、すぐにこの花の清らかさと野の香りを描き出すことなんて、出来そうにないことが分かった。

私の描いたあざみは、小さくいじけた姿をしている。

ではせめて、この花に、我が心の言葉を贈ることにしよう。

小さな花たちによって、ここ一カ月の病院生活がいかに慰められたことだろう。特に、先の病院での苦しい夜に、風や花や虫の音に慰められた時のことを、私は決して忘れはしない。

あの夜の詩を、私は感謝を込めて花の絵に書き添えた。

人は、言葉で交流するものと信じていた。
しかし、ある日病んで、
心と心を結ぶべき言葉さえ、痛みであることを知った。
その夜、
病院の小さき花が、
　　言葉なき言葉で、語りかけてきた。
薄桃色の小花が、病む頬を撫でる。
涙のレンズを通して見た花は、あまりにも美しかった。
風が、そして虫が、限りなき慰めの声をかけてくれる。
今、
自分は、なんと広やかな手の中にかある。

健康を取り戻してくると、やはり病院というところは、長居無用のところである。ここでは、自分一人になることが出来にくい。私の心の奥底からは、独りになりたいという欲求が盛り上がってきた。

「独りになりたいんですけれど、保護室でもいいから開けて頂けないでしょうか」。私は堪らなくなって、看護婦さんにお願いした。

先日、男性の患者の一人が騒いだ時、その人は保護室に入れられたということを聞いた。保護室がどんな所かは知らないが、他の人と隔離される所には違いないと思ったのだ。

私の気持ちを理解した看護婦さんは、快く私のために面会室を開けてくださった。しかも、この看護婦さんは、衝立の陰からオルガンまで引っ張り出してきた。

「このオルガン、自由に弾いていいですよ。それから、誰かが入って来るのが嫌だったら、中から鍵をかけておきなさいね」

ここまで看護婦さんに気を遣って頂いて、ついに、私は、この雑居病棟の中で独りになることが許された。

病院の面会室は、一転して、テーブルもソファーも、オルガンまである家庭の応接室になった。この応接室は、窓を開けるとみどり豊かな前庭が望めるのである。

窓から入ってくる爽やかな風を楽しみながら、私は心ゆくまで讃美歌を弾いた。

こんな風に、このような場所で伸び伸びと歌うことが出来るなんて、思いがけないことだった。

オルガンの音を止めて静まると、水の流れの音がした。

紫陽花の白かった固い蕾が、今は大きく開いて藤色に変わっていた。


六月六日（木）。今朝は未明に目が覚めた。

まだ皆が寝静まっている廊下をそっと歩いていって、廊下の突き当たりにある窓を開ける。窓の側にある背もたれに片肘をついて、明け染める空を眺めた。

黄道（こうどう）に導かれてゆっくり昇る朝日、丸いその朱の色を本当に美しいと思った。

大きい新約聖書を開く。そのヨハネによる福音書第四章を読む。

「イエスはユダヤを去って、またガリラヤへ行かれた。しかし、イエスはサマリヤを通過しなければならなかった」

ユダヤ人が滅多に通ることのないサマリヤを、イエスはどうしても通らなければならなかった。このことは、人の生きる道には、どうしても通らねばならない所があることを示唆（しさ）しているに違いない。

そして普通ならば避けて通るような所に、意外にも、清い水の湧く泉を発見して、休息を得ることが出来るということだろう。

この拘束の柵越しにみる朝日だからこそ、その美しさも一層深く感じられるのだろうし、実際、私はこの所で心身ともに休みを得たのである。

午後、部屋替えがあって、私は二〇五号室から二〇二号室に移った。

ベッドの部屋と違って、この部屋は病院の一室というより、学生寮か下宿の一室かなんかのような感じの畳の部屋である。

だだっ広いだけの部屋だから、花だけは、大事に抱えて運んだ。

こうして中村さんと同室になって、私は、中村さんの話をもっと身近に聞けるようになった。

「このちっこい（小さい）体で、六十キロの米を担いだもんさ。夏場の草取りもひどかったがね。厳しい姑様に仕えて文句一つ言わんかった。今の若いもんは、わしらちの若い頃のこと思やあ、楽なもんやちゃあ」

「その苦労して耕しとった田も、主人が亡くなってからは、わしも頑張ってしばらくの間、耕しとったが、でも女手一つではどうにもならん」

「息子さんがおられるんじゃあなかったの？」

「息子は会社員で、嫁も外で働いとるがで、やりたなもんに無理にやらせるわけにもいかんし……」

中村さんはそう話しながら、ため息をついた。

彼女は、先祖伝来の田畑と家を守るために戦って、ついに刀折れ矢尽きたのであろうか。私より小柄な中村さん、この農家の主婦の真似は私には出来ない。

日が陰り始めた外の景色を眺めていた。

道路一つ隔てた所の家から、若い母親が赤ちゃんを抱いて出てきた。そして道に沿ってゆっくり行き来し始めた。赤ん坊は、母の手の中で気持ち良さそうにうつらうつらしている。やがて、母子はまた門の中に入って、今度は庭木の間を巡っている。

優しい一枚の絵のような景色である。

この一幅の絵を眺めながら、一人の女が涙を流している。

この部屋のもう一人の同居人である角田さんであった。

聞けば、角田さんは五年前に二人の子どもと無理矢理引き裂かれるという経験をしたということである。角田さんにもかつて赤ん坊を自分の手であやしたことがあった。

その子どもの温もりは、今も彼女の手の中に残っているに違いない。

夕食後、角田さんの所に面会に訪れた人があった。

同じ時刻、中村さんの所にも息子さんが来られて、中村さんが二〇二号室を使い、角田さんは面会室を使用した。

そこで居場所を失った私は、ホールのテラスに出て風に当たることにした。

テニスコートの向こうの杉木立が黒々と見え、その辺りから心地好い風が渡って来る。

ホールでは、テーブルに向かってオセロゲームをやっている者がおり、畳の上で将棋をさす者もいる。

「お、お、おとっちゃん……」

私の背後で、静かな空気を破って突然大声がした。

驚いて振り返って見ると、畳敷きの壇から転げ下り、両手を前に突き出すようにしながら出入り口の方へ走って行く青年がいた。

私が一見青年と思ったのは、あるいは私の見間違いかも知れない。ホールの出入り口で彼を迎えた父と彼に呼ばれた男は、あまりにも年老いていた。

そして「おう、おう、おう」と息子を抱き抱えた老父は、よろよろと今にも倒れそうになった。

部屋に帰ると、中村さんは新聞を読んでいた。

「いつも、息子は新聞をかためて持って来てくれるがいぜ」

「角田さんにも、面会があったみたいよ」

「ああ、今日来られた人は、あの人の近所の人ながいぜ。遠い身内より近くの他人とはよく言ったもんだねえ」

他人でも何でもいい。とにかく角田さんに面会に来てくれる人があったことは嬉しかった。

外はもうとっぷりと暮れて、白いカーテンが黒々とした夕闇に包まれている。

その二間幅のスクリーンに、時折、チカッ、チカッと、赤や青の灯が瞬く(またたく)のは、昼間見た自動車会社のネオンの明かりだろうか……。

やがて、中村さんと角田さんは、私の左右でイビキをかきだした。


時々、看護学校の生徒さんが、二人一組でこの病棟にやって来る。

彼女たちの制服は水色で、その涼しげな色は、乙女たちをなお初々(ういうい)しく見せ、水色の制服が患者たちの間を渡り歩くと、爽やかな風がサラサラと通り過ぎるようである。

そこで私は、彼女たちに「水色のワルツ」という仇名をつけた。

そして、水色のワルツの一人が軽やかな足取りで私に近づいてきた時、私は質問を試みた。

「あなた、おいくつなの？」

「十九です」

「じゃあ、法子ちゃんと同い年なのね。看護学校の勉強も大変でしょう？」

「ええ、夜勤の実習もあるし大変です。昨夜も内科で泊まったんです」

「じゃあ、もう一人前の看護婦並みのことをしてるのねえ」

「ええまあ。でも分からないことだらけで、まごついてばかりなんです」

「そうでしょうねえ。お仕事だけでなく自分の生活のことや、将来について考えることもあるんでしょうね」

「そうなんです。私もだけど、他の人もいろいろ考えてるみたいです。でも一年生の時はそんなこと、友だちとよくしゃべったんですけど……、二年生になるとすごく忙しくなって、悩みを話し合う間もないんです。

だけど、うちの両親は私の小さい時すごく厳しかったから、私は、今の生活がそんなに辛いなんて思いません」

「そうお、しっかりしてるんだ」

現代っ子は、甘えの構図の中で育った子どもが多いと思っていたが、こんな頼もしい娘もいるのだ。

六月九日（日）。今日は、この病棟最後の聖なる主日である。

面会室は私のために開かれた礼拝堂である。

午前十時から、私は一人、この小さな礼拝堂で、主に祈り主を賛美する。

日本全国の教会で、多くの人々によって礼拝が捧げられている朝、ここに一つの知られざる閉ざされた場所があって、そこでたったの一人が神を褒め称えているのだ。

「二、三人、わが名によって集まるところには、我もそのうちにあるなり」と言われる主は、この日、たった一人の礼拝にも臨在して下さった。

「新生の歌」を初めから終わりまで全部弾き終わって、また最初に戻って、一番の「いつくしみ深き」を弾き始めた。

するとその時、私の後ろで演奏に合わせて、「いつくしみふかき　ともなるイエスは」と声を合わせて歌い出した者がいた。

法子ちゃんであった。

法子ちゃんの具合の悪い時に、何度も繰り返して歌ってあげた歌である。

つみとがうれいを　とりさりたもう。
こころのなげきを　つつまずのべて

などかはおろさぬ　おえる重荷を。

たったの一人と思っていた礼拝が二人になり、そして、この弱い二人を見ていてくださる主が、そば近くおられるのである。

主に感謝せよ、主は恵みふかく、
そのいつくしみはとこしえに絶えることがない。

（詩篇百六篇一節）

六月十一日（火）。退院の日である。朝食後、迎えの車が来次第、いつでも出られるように、荷物を整理してまとめた。

まとめた荷物は、二〇二号室が午前中、女性患者の検温と小遣い調べをするのに使用されるので、全部廊下に出しておいた。

さてみんなが二〇二号室に集まってくると、昨日までのその部屋の住人は、身の置き所がなくなって、かろうじて廊下の片隅の椅子に陣取ることとなった。

その椅子のある所は看護人室側にあったので、図らずもここ二十日間の生活の場を、客観的にもう一度見直すのに、私は好都合な位置に陣取ったことになった。

まず目の前の部屋が、最初に入った二〇三号室である。

昨日の夕方、この二〇三号室に新しい患者が入って来たのだが、その人の衰弱ぶりはひどくて、今朝も彼女がトイレに行くのを、看護婦さんがその手を引いていくほどであった。彼女の手をとっている小柄な看護婦さんは、右足に包帯をしていた。患者だけでなく看護する者も、何かしらの痛みを持つ者なのである。私もあれほどではないにしても、入院の翌日まで車椅子で移動していた。

それから次に入った二〇五号室では、私は毎日法子ちゃんと賛美歌を歌った。

最後に移動した二〇二号室では、その部屋が看護人室のまん前にあったので、いろんな人が看護婦と接する様子と、看護婦がどのように彼女たちに対応するかを見ることが出来た。

そして幾度となく、看護婦さんの根気強さに感動した。

思えば、一回目の入院以来今日まで、自分であって自分でないような不思議な体験をした一カ月であった。

しかしこの一カ月は、私にとって何心（なにごころ）なく流れ過ぎる十年よりも、意味のある凝縮された一カ月であった。

特に、たった今別れを告げようとしているこの拘束の館における見聞は、私の大きな人生の学びとなった。この地上で生活するものは誰でも、有形無形の拘束を受けざるを得ない。子どもは子どもで、大人は大人で、自分の思う通りにいかないことの方が多いのである。

誰だって一度や二度は、ここから抜け出したいと思うに違いない。

しかし逃げ出す前に、その拘束の生活の中から、自分の手によって、自分の魂を解放する法を見つけねばならない。拘束を味わった者でなければ、本当の自由を味わうことは出来ないのではないだろうか……。

こんなとりとめもないことを考えながら、私は、今この拘束の館から脱出出来るという解放感が、心のうちに広がってくるのを味わっていた。


正午前に、やっと娘が迎えに来た。

「お母さん、おめでとう、本当に良かった。お父さんは家で掃除をして待ってるって……」

鍵付きの白い戸が、私のために大きく開かれた。

前川婦長が、私を見送りに出てきてくださる。

荷物を手渡して、このままここで別れねばならないが……と、私の荷物を持ったままで戸の内側に立ち止まった療友たちに、婦長は優しく声をかけた。

「車の所まで、皆さんご一緒に行ってもいいですよ」

「荷物、車の所まで持って行ってあげる」

「いいから、いいから」

手ぶらの私を、皆が押し出すようにした。

細い渡り廊下を、私たちはダンゴになって渡って行った。

出口で、スリッパを脱ぎ捨てて靴に履き替える。

娘が療友から荷物を受け取って、橋の向こうに停(と)めてあった車に積み込んだ。

小さな石橋を渡って、車に乗る前にもう一度振り返った。

「婦長さん、ありがとうございました。皆さん、本当にありがとう」

「サヨウナラ、サヨウナラ……」

「サヨウナラ、サヨウナラ……」

車が発進して川に沿って走り出す。

手を振っている角田さんの目に、光るものが見えた。


こうして第一、第二の変容を経た私は、元の自分を取り戻した。

そして、今日からは改めて第三の変容を成そうとしているのである。

サナギが蝶に脱皮するように、私の心には金色の羽が生え、解放の喜びに震えている。

人は、日々刻々に変化し、成長か後退かしていく。

その変化を何心なく見過ごして来た私だが、これからは、そのような不注意を繰り返さないように気をつけることにしよう。
すなわち、私は、これからの自分の日々を、一刻一刻を大切にするだろう。
娘の運転する車は快調に走り、娘も私も時々声を上げて笑った。

水がわたしを巡って魂にまでおよび、淵はわたしを取り囲み、
海草は山の根元で私の頭にまといついた。
わたしは地に下り、地の貫の木はいつもわたしの上にあった。
しかしわが神よ、主よ、あなたはわが命を穴から救いあげられた。
わが魂がわたしのうちに弱っているとき、わたしは主をおぼえ、
わたしの祈りはあなたに至り、あなたの聖なる宮に達した。
（ヨナ書第二章五節～七節）

詩　四季折々に

わたしは植え、アポロは水をそそいだ。しかし成長させて下さるのは、神である。

（コリント人への手紙Ⅰ三章六節）

あの拘束の館からの解放の日から、あっという間に二十六年もの歳月が経過した。

この二十六年間にも、子どもたちとの関りは続いていて、今も私は彼らから元気をもらっている。

あの時、小学一年生だったゆう子は、両親の離婚や弟の交通事故死という心の痛みを乗り越えて、現在は有能な特急電車の車掌として、後輩の指導に当たりながら、特急電車の運転技術を学んでいたが、今年の六月から特急「サンダーバード」や特急「しらさぎ」の運転をしている。

また誠は、人の子の親になった今も、バイオテクノロジーの分野で活躍中である。

当然のことながら、あの頃の中高生たちはほとんど結婚して家庭を持ち、子育て奮闘中である。

現在、私の周りで学んだり遊んだりしている子どもたちは、大きく成長して社会で活躍しながら子育てに励んでいる者の子どもで、私にとっては孫のような存在である。

「先生はいくつけ?」と、子どもたちに聞かれれば、

「九百九十九歳だぞッ」などと言って笑いとばしてはいるが、やはり確実にこの働きの終章は近づいているに違いなく、この辺(あた)りで、記念として、毎月発行してきた教室だよりなどで、折にふれて感じたことを綴(つづ)った拙(つたな)い詩を紹介しようと思う。

いのち

このいのちは、
ある日、光の中で生まれました。
生まれ出た　いのちを、
親たちは　慈しんで、
日々、水を注ぎました。
けれども、
このいのちを　育てたのは
天からの光でありました。
そして光は、申します。
「いのちよ、
天に向かって伸びなさい。
決して、
地の暗闇を愛してはならない」と。

Only God, who makes things grow.

育てたもうは神なり、
（コリント人への前の書三章七節）

あの鳥は

あの鳥は、
　きっと母鳥。

氷雨に　打たれつつも
　餌を　探す。

あの鳥は、
　きっと母鳥。

まだまだ寒い春、
餌を待つ子が、
　巣にいるのだ。

光った朝

光った朝、
　山の鳥が　ボーボーと鳴いた。

山も川も
そのつづきの街も　みな光っているから、
光のエスカレーターに乗って
山の鳥が　近くまでやってきたのだ。

あたらしい朝

あたらしい朝、
あたらしい木の芽、
あたらしい花のつぼみ、
　みんな初めてのように
　あたらしくなる。

こんな朝は、　わたしも、
初めて立った人のように立ち、
初めて歩いた人のように歩き、
初めての景色を見、
　初めての空の下、
赤ん坊のように　あわあわと喜び、
赤ん坊のように　あわあわと歌う。

蔦の葉

壁を這う蔦の老いた枝は
流れを止めてしまった血管の網のように赤錆びて、
長い冬の間中、ずっと凍りついていたが、
その老いた枝を包むようにして
濁った血のような色をした幼い葉が生まれ出た。
枯れ枝と同色の葉は、
一と雨ごとにそっと指を開き、　黄ばんでいく。
そして今、　萌黄色が、
あの哀しい血の色を洗い流して、
少しずつ生命の色を蘇らせようとしている。

花

野に、道に、
光が　散って　花が咲く。

暖かい光の花だから、
花は、みな光の色をしている。

赤、黄、青、どの色もみな、
光り輝いて、待っていた花の季節、

野に、道に、
花があふれる日は、
　光が満ち、天の色が、満ち満ちる。

朝の月に

白い真綿で一（ひと）はけ
空になぞられた半月が、
優しい顔をして
朝の街を見ています。

街では、鳥たちが歌い、
木々の若葉もゆれているのに、
タイム、タイム、タイムと、
人が駆けてゆきます。

一日の終わり、
ホッと息をついて
人が見上げるまで、

月よ、
陽の光を蓄えて
お待ちください。

ここは

このみどりの土手、
あの長い橋、
その向こうにかすむ　やさしい山の姿。

ここは、何回も来て、子どもたちと遊んだところ、
ここは、子どもたちと大声で歌ったところ、
モーセやヤコブになり切った子どもが、胸を躍らせたところ。

今は、すっかり大人になった彼や彼女たちが、ここに立ち、
再び、私の胸の中で、子どもになって、
笑ったり、飛び跳ねたりする。

（小矢部川のほとりにて）

青い星

水をたたえた　青い星、
木があって、
　花があって、
鳥が飛んでる　青い星、
生きていて
　動いている　青い星、

子どもが　子どもが、
　星の子どもが、
青い色が　大好きで、
　青い日に、
白い大地を　飛び跳ねた。

蚊柱

ぬるまりかけた水の中で
ボウフラが　あくびをしました
のびたり　ちぢんだり……。

かげろうのけむりにのって
うまれたての　蚊のこどもたちが、
あがったり、さがったり……。

なんて　ひろい　せかいだろう
なんて　たくさんの　なかま、
かたまって　いようぜ、
なんだか　こわいもの……。

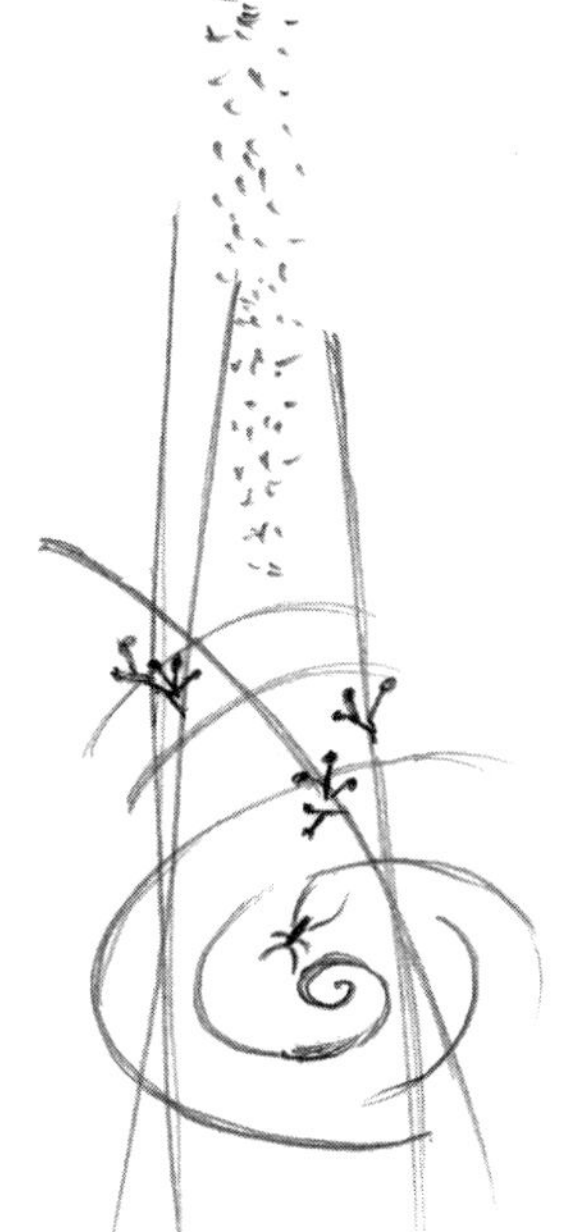

浴衣

紺の浴衣(ゆかた)の母さんと
赤い金魚の浴衣着た
小さなわたしの散歩道
　夕焼け道を
　ヒラヒラと　紺の浴衣が走り出す

前を行く
白い浴衣の若者を
紺の浴衣が　追ってゆく。
　紺の浴衣が　白い浴衣に追いついて、
　白い浴衣の若者を見上げては、
「あゝ、息子と思ったに、
　やっぱり　人ちがいであったか……」

と、紺の浴衣の溜息(ためいき)を
赤い金魚は聞きました。
（戦時中、兄は二十七才で戦病死した）

蟬

ジージーと、
今、いっぱいに蟬（せみ）が鳴く。
ジージーと、
空いっぱいに響く声。

力いっぱいだから、
命いっぱいだから、
枯れ葉のように　落ちるまで、
精いっぱい鳴くのだと言っているから、
蟬の声を浴びていると、
胸がジーンとしてくるのです。
（何でも一生懸命やる子が好きだ。）

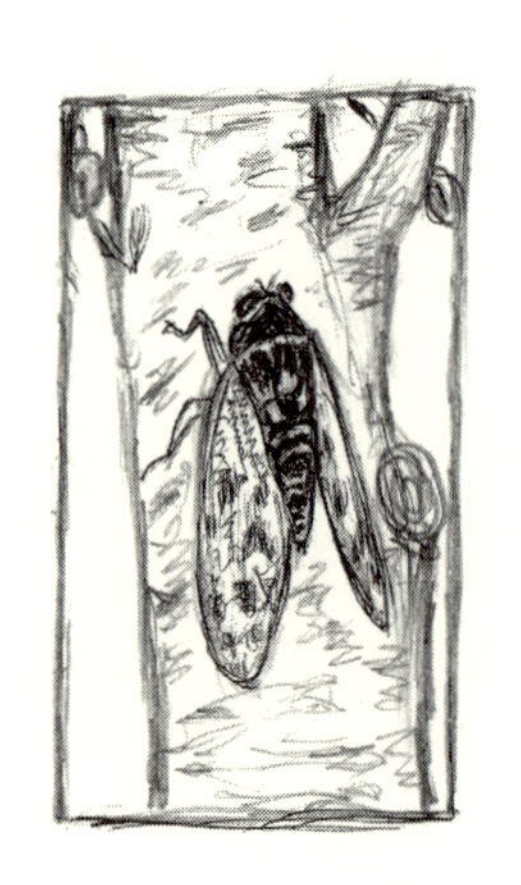

秋の声

（その一）

落葉が　土にかえる。
やがて
人もみな　土にかえる。
おだやかに、素直な心で
秋の語りかけを聞きたい。

（その二）

光の輪の中で
　実が　みのる。
わたしも、たったの一つで良い
小さくとも　神のみ前で、
賞(め)でられる実を
　みのらせたい。

煙突たち

おだやかな秋日和(あきびより)の日、
大きいのも小さいのも　煙突たちは、
思いきりよく　煙を立ち上らせる。
太い煙の柱の上で　雲は動かず、
ただ黙って、人々の営みを眺めているのか……。

煙突たちは、白いのや灰色の煙を、
風のまにまに　なびかせている。
白い煙は　白い雲と同化し、
灰色の煙は　高い空に吸い込まれていく。

煙突たちが、思い切りよく吐き出したガスを、
白雲が受け入れ、青空が呑み込んだ。

雲に空に、煙突たちは、
「ありがとう」を言っただろうか……。

いのちのふしぎ

切り花を、日陰の土にさした。
水を注ぎ、大切に育んだ。

切り花に、いつ根が生まれ、
どのように根が育ったかは分からない。
ただ祈る思いで、見つめていただけだった。

この年の猛暑にも耐えて、根は確実に育った。
そしてひとつの花が咲き、二つめと三つめが咲き、
今では、次々に花が咲き、花は開く。

菊

菊が、固い蕾でいるときは、
　秋をじっと噛みしめているのです。
菊が、花びらを広げるときは、
　秋を押し戴いているのです。
光が、この灰色の空いっぱいに滲みわたる日、
　光を惜しみながら　菊は秋を思っているのです。

黒い森

夕焼けの燃える空の下に、
　こんもりと黒い森がある。

黒い森は、鳥のねぐら、
赤い空に、巣に急ぐ鳥たちの
小さなシルエットが、浮かんでは消えて行く。

黒い森は、
母のふところの優しいかたちをして、
ゆったりと　また静かである。

黄葉の道

黄葉の道は、
はるか坂の上まで黄に染め上げられて、
千金　万金の輝きを見せている。

惜し気もなく　ばら撒(ま)かれた黄金、
その豊かな金色の絨毯(じゅうたん)を、サクサクと踏んで行けば、
そんな私の上にも　黄葉が降りかかる。
私は今、きっと黄に輝いている。

赤い実

スズランの枯れ葉の中に
小さな赤い実が、　ポチポチとなる。

赤い丸い実は、
夏の夜に　咲いた
幼児（おさなご）の手の線香花火。

あの花火が散ったあとの
小さな赤い玉のように、
ポトリと　今にも落ちそうな……、
スズランの枯れ葉の中に
小さな赤い実が、　ポチポチとなる。

（このスズランは今は亡きTが小学生の時、一と鉢抱えてきてくれたもので、毎年、小庭のふち飾りのように群れて咲く。だから花の季節には、子供たちと花束を作って人々にプレゼントしている。）

草の実

ヒッツキムシ　ヒッツキムシ、
草の実が服にいっぱいくっついて
取っても取っても、またくっついた。
ヒッツキムシ　ヒッツキムシ、
草がいっぱいで、
草がのっぽで、
草が生きている、
ヒッツキムシ　ヒッツキムシ、
草の実、チクチク、
知らんぷりの
　わたしをさした。

水鳥の赤ん坊

ふぞろいな産毛をゆらしながら
水鳥の赤ん坊が二羽、
　仲良く並んで　なんと上手に水をかく。

チビのくせに一丁前の顔をしているのが可笑しく、
「思うことも、君はおとなか」と問いかけてみる。

人間の子どもは、一人前になるのに時間がかかるのだが、
それに近頃は、一人前になり切れないおとなが多いのだが、
「はてさて水鳥君、どうしたものか」と、問いかけてみる。

（古城公園にて）

柿の木おばさん

柿の木おばさん、柿の実つんだ。
「召し上がれ、召し上がれ、小さいけれど甘いです」
まわりのみんなに、おすそわけ。

柿の木おばさん、柿の実残した。
「召し上がれ、召し上がれ、空の鳥さん、
あなたの分もありますよ」

青い空で、柿の木おばさん　残した柿の実、
赤いホッペが、かがやいた。

木の根っこ

まるで、ふしくれだった労働者の手のようだ。
大地に摑みかかり、土を食らい、
地の奥に潜む　いのちの力を吸い上げようとする。
見えない根っこの細い先端は、
大地の乳を　まさぐっているに違いない。

梯子の花

線路沿いの草地に
除草剤が　まかれた。
草地の中には、老人が育てた花もあったが、
花という花は、雑草と共に
息の根を　止められてしまった。
今はただ、
花も草も焼けただれ　冬枯れの景色。

その白茶けた景色の中に、
焼けただれた葉と茎(くき)の上に、
毅然として赤く咲く花がある。
彼女の名は、たちあおい、
たちあおいの花は、

天にかける　梯子(はしご)の花だから
天に向かって
笑いかけてさえいる。

サンタは

「サンタは　ほんとにいるのかな」
「ええ、ええ、ほんとにいますとも、
貧しい人に　分けてあげたい
そんなこころが　働くところに」
「サンタは　ほんとにいるのかな」
「そりゃあもう　いるにきまっていますとも、
悲しい人に　慰めを
そんなこころが　働くところに」

（クリスマスの日）

白いマントのだるまへ

だるまさん　だるまさん、
白いマントのだるまさん、
さあ、
手を出してくださいな。

パッと開いたモジミの手
マントをたたいているでしょう。
（子どもたちと、かまくらやゆきだるまを作った。）

防風林

烈風に耐えて
松という松はみな、
身をななめによじりながらも
　　　　　ふんばっている。
下枝を　もぎとられた木は、
冬の海の切々たる声を
　　　聞きつづけてきた。
それは、春秋の哀感と、
真夏のエネルギーとを、
胸の奥深くに秘めた
冬の海の　言いがたき想い、
その冬の声が、
多くの枝葉を失った木には、

身につまされて
　聞こえるにちがいない。

厳寒の華（二〇〇〇年二月の夜半、光柱現る）

北の大地に降るダイヤモンドダスト
北極の地に現れるオーロラ、
想い描くだけでわくわくする。

さて、
能登の海辺では、
この冬も、波の花が綴り合わさって
　　波の花道が出来ているだろう。

二月の寒い夜半のこと
富山湾上に、光柱が立ちのぼった。
暗黒の海面を照らし出す光は、
夜空にレモン色に輝いて、

あまりにも清らかであった。

冬ガアルカラ

冬ガアルカラ
　夏ノヨサガワカリ、
夏ガアルカラ
　冬ノヨサガワカリマス。
ダカラ、
　寒イトキニ
ソノ寒サヲ喜ビ
暑イトキニ
　ソノ暑サヲ感謝シマス。
ソシテ、
　悲シイトキモ
　心ノ底デ喜ビ、
嬉シイトキモ

悲シミニアル人ヲ
忘レマセン。

雪をかぶっている花の木

それともドキドキ
していうの？

かたい　小さな　つぼみが見える。
ガマンしてるの　花の木さん、
椿の　葉っぱの傘の下。
いつかの　きびしい　冬の日は、
立派な　枝も　雪折れて
葉っぱも　つぼみも　泣いたけど
ガマンしたから　花の木さん。
キラキラ　光る　春が　来て
葉っぱの傘に　守られた
あなたの　つぼみは　開くでしょう

Tomoe

いのちの流れ

今、ここにある自分は、
アダム・エバの昔から
とぎれることなく
いのちの流れが
流れつゞけて、
今に至ることを想う、
その　いとおしくも、
気の遠くなる程
長い　いのちの川の流れよ

見えない一粒

大きな宇宙の　たったの一つの青い星、
大きな星の　たったの一つの島の上、
大きな木を　たったの一人が見上げます。

大きな木が　たったの一粒(ひとつぶ)だった昔、
大きな星の　たったの一人の私には、
大きな木の　見えない根っこの
消えてしまった　たったの一粒が、
大切に思われてなりません。

祈りの友

十代の昔、教会からの帰り途、
私たちは、プラタナスの街路樹の下で、
別れる前に、いつも共に祈り合った。
そして、長い年月、
共に喜び、共に希望を語り、
　共に心を燃やした日があった。
それぞれが、別の道を歩いてきたが、
その間、何と多くの困難に出あったことだろう
私の戦いは、彼女の戦いであり、
彼女の戦いは、私の戦いであった。
だから、
戦いの日には、互いに涙を流し合った。

創造者（つくりぬし）の掌（てのひら）

この星の文化に負けない
高い文化を誇る星は、二兆もあるという。

これら、数え切れない宇宙を造り、掌におさめ、
しかも、このちっぽけな私を見つめる目、
そんな大きな目があるという。

砂粒よりもちっぽけな私、
こんな私を　こころに掛けて下さる　創造者（つくりぬし）、

大いなり、その深き愛、
この星だけが、星でなく、
この私だけが、人ではないのに……。

たけのこたち　あとがきにかえて

たけのこ　のびる、
　のびる　たけのこ。
一だんめの　ふし、
二だんめの　ふし、
三だん、四だんと、
ふしの　かいだん　のりこえて、
のびる　のびる、
　たけのこは　のびる。

あおだけ　のびる、
　のびる　あおだけ。
なかまと　スクラム　くんで、

大地に　網　はり、
地震にも　まけないように、
見えないところで　根をはろう。

毎年、三月十六日の午後、私は落ち着きなく受験生の連絡を待っています。この日が、富山県立高校の合格発表の日だからです。

今年の受験生三人は、三人共にそれぞれが希望していた高校に進学を許されたので、ほっとすると同時に感謝しました。

昨年は、受験生の一人が、合格発表のあった後手紙を寄越してくれました。

ここにその一文を紹介して、あとがきに代えようと思います。

——安斎先生へ、〇〇高校受かりました！　先生が優しく分かりやすく指導して下さったおかげです。ありがとうございました。先生は、勉強以外にも、生きて行く上で大事なことをたくさん、私といぶきちゃんに教えて下さいました。

先生が言われたことは忘れず覚えています。先生に最初に会った日、先生が書かれた本を私に下さいました。

その最初のページに、「光はやみの中に輝いている。やみはこれに打ち勝たなかった。」（ヨハネの福音書一の五）と書いて下さいました。私は、この言葉を忘れません。私が、この世の闇に打ち勝つような光のような人になりたいと思いました。

先生が私といぶきちゃんによく言われた言葉、「あなたたちは、きっと幸せになれる。」の言葉を信じて、いつまでも、いろいろなことに挑戦したいと思います。

塾では、いぶきちゃんと話してばかりで勉強しなかった時もありましたが、高校では、毎日二時間は家で勉強するつもりです。勉強がんばるぞー！　応援してください。

クリスマス会も本当に楽しかったです。たくさんの良い思い出をありがとうございます。

先生、お体に気をつけて、いつまでも元気でいてください。そして先生の笑顔を絶やさないでいてください。先生のことが、大、大、大好きです。また遊びに行きます。——

この彼女の言葉通り、ご家族の話によると、高校では、見違えるほど懸命に勉強に取り組み、百六十人中の上位に食い込もうと努力しているということです。

長年に亘（わた）って子どもたちと関わってきて、彼らに自分が与えたもの以上のものを、彼らから与えられてきたことを思わずにはおれません。

そして、パウロの言うように、指導者は、水を注いだに過ぎず、人を育て成長させたのは、神であり、神が個々人に与えておられる生命力にあると、感じております。

だから、ここに至るまで導いて下さった神に感謝するとともに、子どもたちとそのご家族にも感謝したいと思います。

さて、今年の五月十日が、私にとって、これほど嬉しくも記念すべき日になろうとは、予想だにしませんでした。

その一つは、本書の表紙絵を描いてくださった蔀利勝（しとみ）氏と、この日に、実に六十年ぶりの再会を果たすことが出来たということです。

私の最初の任地である上高田教会での数年間の交流の後、長い間、互いに消息を絶っていましたが、十年前に、文芸社から『地はかたちなく』を出版したのがきっかけで、蔀氏との文通が始まりました。ところがお互い時間に追われる日々を過ごすうち、一度も再会の機会には恵まれなかったのです。

今回、文芸社の方々との打ち合わせのため、東上（とうじょう）することになり、この機会にと、蔀氏も志木市から出て来ていただけることになりました。

このようなチャンスを与えてくれた表紙絵は、蔀氏ご夫妻が、ロンドンに行かれた時、テムズ河畔の大樹を写生なさった時のものだということです。

この絵の中の人や車との対比からも分かるように、この木がいかに大きく育ち、しかもその懐には、彼に抱かれて育っている寄生の若い植物の姿さえ、捉えることが出来ます。

この絵の中のオレンジ色の服の人物は、氏の奥様の清江(すみえ)夫人だということですが、以前、お電話の中で夫人からお聞きしたお話が、強く私の心に残っていましたので、蔀氏に、同席の文芸社の方にも話して上げてほしいと言ったのです。

「先の戦争の時、横浜の大空襲に会った小学生の清江は、お祖父さんに抱かれて逃げ迷ったのです。孫を抱き抱えていたお祖父さんは、爆風のために亡くなりましたが、お祖父さんに守られていた清江は助かったということです。自分も、東京の大空襲に会った経験がありま す」

改めて、蔀氏の話を聞きながら、同じ時代を生きた者として、戦争は二度と繰り返してはならないと、強く思いました。

午後七時ころ、宿舎の前で蔀氏をお見送りしている、ちょうどその時に、二つ目の嬉しいことが起こりました。

それは、私が初回の本を出した時から今日に至るまでの三十年近くの間、温かく見守っていて下さっていた三箇(さんが)ルリ子さんが、訪ねてくださったのです。

「ちょうど夕食の時間ですから、どこかで美味しいものを食べましょう」とのことで、行き慣れたはずの駒込の街に繰り出しましたが、この辺りのレストランに無縁だった私は、せっかくのご厚意に添えなくて、何となく寄ることになったスーパーで、お弁当を調達することになりました。

しかし、これも後で考えると、この日、時間を忘れて十二分に語りあえたのは、独り占めの宿舎で食事をすることになったからだと、私たちは、感謝することになりました。

ちなみに、午後七時から十時まで、あっという間の幸いな三時間でした。

先に、前著『大家族時代』を編集して下さった方が、今回も編集を担当して下さいました。これも神様のお導きと思います。

また蔀氏をはじめ、三箇ルリ子姉妹が、熱い祈りを捧げて下さったことに、深く感謝しています。

二〇一七年七月

安斎供榮

著者プロフィール

安斎 供榮（あんざい ともえ）

1933年2月18日、大阪府生まれ。

東京・中央聖書学校卒業。

東京都中野区・上高田教会、京都・岩倉教会、福島県・郡山教会勤務を経て、現在富山県・伏木教会に勤務。

著書『地はかたちなく』(学習研究社)、『山にむかいて』(NCM2JAPAN)、『天の門』(NCM2JAPAN)、『一筋の光柱』(学習研究社)、『樹のかおり』(学習研究社)、『地はかたちなく』改訂版(文芸社)、『大家族時代』(文芸社)

光柱

2017年11月15日　初版第1刷発行

著　者　安斎 供榮
発行者　瓜谷 綱延
発行所　株式会社文芸社
〒160-0022 東京都新宿区新宿1-10-1
電話 03-5369-3060（代表）
03-5369-2299（販売）

印刷所　株式会社フクイン

©Tomoe Anzai 2017 Printed in Japan
乱丁本・落丁本はお手数ですが小社販売部宛にお送りください。
送料小社負担にてお取り替えいたします。
本書の一部、あるいは全部を無断で複写・複製・転載・放映、データ配信することは、法律で認められた場合を除き、著作権の侵害となります。

ISBN978-4-286-18701-3